장모님,
오사카로
가시죠

초판 1쇄 인쇄 | 2022년 11월 11일
초판 1쇄 발행 | 2022년 11월 25일

지은이 | 이용준
펴낸이 | 박영욱
펴낸곳 | 깊은나무

경영지원 | 서정희
편   집 | 고은경·조진주
마 케 팅 | 최석진
디 자 인 | 민영선·임진형
SNS마케팅 | 박현빈·박가빈

주   소 | 서울시 마포구 월드컵로 14길 62
이메일 | bookocean@naver.com
네이버포스트 | post.naver.com/bookocean
페이스북 | facebook.com/bookocean.book
인스타그램 | instagram.com/bookocean777
전   화 | 편집문의: 02-325-9172   영업문의: 02-322-6709
팩   스 | 02-3143-3964

출판신고번호 | 제 2013-000006호

ISBN 979-11-91979-27-5 (03810)

장모님, 오사카로 가시죠

이용준 드로잉 에세이

깊은나무

글을 쓰기 시작한 이후 언제부터인가 '장모님'을 소재로 책을 써야겠다고 생각했다. '사위 사랑은 장모'라는 말처럼 항상 아내보다 나를 먼저 생각해주시는 장모님에 대한 고마움을 어떤 방식으로든지 표현하고 싶었기 때문이다. 장모님께서는 넉넉하지 않은 형편 속에서도 늘 웃음을 잃지 않으셨고, 삶에 대한 긍정적인 태도를 통해 주변 사람까지 밝게 만드는 힘을 갖고 계셨다. 내게 늘 삶에 보탬이 되는 조언을 아끼지 않으셨고, 내가 어떤 선택을 하든 믿고 지지해주셨다. 나한테 장모님이란 부모인 동시에 의지할 수 있는 멘토였고, 동일한 영혼의 주파수를 가진 벗이었다.

장인어른은 몇 해 전 지병으로 돌아가셨다. 대부분의 시간을 혼자 보내게 되실 것이라는 기대와는 다르게, 장모님께서는 삶의 여유가 없을 정도로 매일 급박한 하루하루를 보내게 되셨다. 맞벌이 부부인 우리 집과 처남 집을 넘나들며 4명의 손주를 돌보게 되셨기 때문이다. 사별의 슬픔을 채 느끼기 전에 황혼 육아의 스트레스에 시달리시는 장모님을 보니, 마음이 좋지 않았다. 나는 조금이라도 장모님과 의미 있는 시간을 보내고 싶었고, 조금이라도 더 건강하실 때 많은 추억을 남기고 싶었다. 그리고 이를 잊지 않기 위해 기록하고 싶었다.

'장모님'이라는 책의 주제는 이미 오래전부터 생각에 담고 있었지만, 어떤 식으로 구성해야 할지, 어떤 형식의 글로 써야 할지 결정하지 못해 시간을 흘려보내고 있었다. 그러던 중 어느 날, 아이의 부탁으로 A4용지에 '꿈의 요정 페어리루(디즈니 채널에서 인기리에 방영되고 있는 만화 영화)'를 색연필로 삐뚤빼뚤 그리고 있었는데, 문득 이런 생각이 들었다. '장모님을 드로잉으로 담아내자. 그리고 이것을 책으로 내보자.'

이렇게 시작한 것이 바로 장모님의 그림이 들어간 에세이집을 출간한다는 일명 '프로젝트 JMN(장모님)'이었다. 하지만 첫 시작부터 난관에 봉착했는데, 그건 바로 내가 그림을 그릴 줄 몰랐기 때문이다. 사람의 모습을 그린다는 것은 만화 캐릭터를 따라 그리는 수준을 넘어서는 것이었다. 내가 배운 그림이란 고작 초등학교 때 동네 미술학원을 잠깐 다닌 것이 전부였다. 열정을 가지고 그림을 그려 본 것도 학창 시절 선생님 몰래 교과서에 그린 '졸라맨(막대기에 동그라미로 사람을 형성화한 그림)' 수준의 그림이 전부였다. 따라서 이 장모님 프로젝트를 위해 그림을 연습하기로 결심했고, 다양한 장모님의 모습과 추억을 그림에 담고 싶어서 장모님과 함께하는 여행을 기획했다.

'그림을 배워서 삽화를 그리고, 장모님과의 여행을 추억으로 담아 이것을 책으로 펴낸다.' 이 프로젝트 기간은 5개월로 잡았다. 2개월간 그림을 공부하고, 나머지 3개월은 원고를 집필하기로 했다. 그림을 연습하는 기간에는 틈틈이 장모님과의 인터뷰를 통해 좀 더 장모님에 대해 알아 가는 시간을 가졌다.

이 프로젝트를 위해 40세에 처음 그림을 그리기 시작

했다. 프로젝트를 진행하기로 결심한 바로 다음 날, 회사 근처 문구점에서 스케치북과 펜을 구입했다. 퇴근 후 아이들이 잠자리에 들면 그제야 스케치북을 꺼내 들고 늦은 시간까지 그림을 연습했다. 짧은 기간이지만 목적과 기한이 있으니, 그림 실력에 가속이 붙었다. 주말에는 장모님과 식사하며 장모님에 대해 알아 가는 시간을 보냈다. 아내와 함께 '장모님과 떠나는 여행'을 기획하며, 여행지에 대한 충분한 정보도 수집했다.

이 책은 '프로젝트 장모님'이라는 5개월간의 여정을 담은 결과물이다. 나는 이 책에 프로젝트의 모든 과정을 담고자 노력했으며, 그 내용은 조금씩 형태가 발전되어 가는 그림들과 장모님의 인생, 그리고 여행지에서 느낀 감정들을 포함하고 있다. 이 프로젝트의 가장 큰 성과라면 장모님의 삶에 한 발자국 나아가게 된 것, 그리고 한없는 부모의 사랑을 더 깊게 이해하게 된 것이다. 이 책을 사랑하는 장모님과 묵묵히 자식을 위해 대가 없는 사랑을 주시고, 자신을 희생하신 부모님께 바친다.

차례

4장 2일차

5장 3일차

1장

드로잉의 시작

40세에 드로잉을 시작하다

40세에 그림을 그리기 시작했다. 장모님과의 추억을 그림으로 남기겠다는 프로젝트의 일환이었다. 삶의 의미와 기록을 비단, 글뿐만 아니라 그림으로 남기고 싶었다. 영국의 예술 비평가 존 러스킨은 "그림은 그 모든 기교와 어려움, 특수한 목적을 가진 내포하는 고상하고 표현이 풍부한 언어이다."라고 말했다. 먼 훗날 시간이 지나, 기억되지 못할 장모님의 이미지들, 즉 글로 표현하지 못하는 세밀한 부분들을 어떠한 형태로든지 표현해 보고 싶었고 남기고 싶었다.

그렇다면 '왜 사진이 아니고, 그림이어야 하는가?' 하는 질문이 있을 수 있겠다. 소설은 작가의 시각으로 세계를 해석한 결과물이다. 그림도 이와 마찬가지다. 작가가 세상을 바라보는 독특한 관점으로 현실을 재구성한 결과물이기 때문이다. 사진이 표현할 수 없는, 내가 바라보는 대상을 나만의 해석을 담아 기록하기에는 그림 만한 것이 없겠다고 생각한 것이다.

사실 그림이나 미술에 관한 관심은 항상 있었다. 학창 시절 공부에 도통 관심이 없었던 내가 관심을 두고 수업에 임한 과목은 미술이 유일했다. 학기 초 배부된 미술 교과서를 뒤적거리다 우연히 클로드 모네의 '루앙 대성당' 연작을 보게 되었는데 마치 소녀를 처음 본 순간 사랑에 빠져버린 소년의 마음과 같이 순간적이고 직관적으로 작품이 주는 모든 감정을 온전히 받아들였다는 생각을 했다. 난생처음 '그림이 아름답다'라고 생각했던 것이다.

이후 그림에 관심을 두고 수많은 전시회를 다녔다. 그림을 보면 때로는 나도 예술가로 사는 삶을 살고 싶다는 생각이 들었다. 하지만 현실 속의 나는 그저 회사에 다니며 가정의 생계를 유지해야 하는 평범한 중년에 불과했다. 사실 감히 예술의 영역에 있는 그림에 손을 댈 수 있겠냐는 생각을 무의식적으로 해왔던 것 같다. 내가 성인이 돼서 그린 그림은 고작, 아이들이 그려달라는 만화 캐릭터와 곤충 및 식물이 전부였다.

그런데 40세, 군복무의 의무가 완전히 소멸하며, 점차 노화가 진행되어 건강에 여러 가지 문제가 생기고, 서점에는 이들을 위한 격려와 위로의 책들이 넘쳐나는 시기, 다시 말해 제대로 중년기의 문턱을 넘어온 시점이 돼서야, '음, 한번 그려 볼까?' 하는 생각을 하게 된 것이다. 마치 오랫동안 쌓여온 내적 갈망의 임계치를 넘어서자 머릿속에서 '이제 그림을 그려라!'라고 계시를 내린 느낌이 들었다. 아마, 오랫동안 억압받고 있던 우뇌가 '이제 놓아줘!'라고 항변했을 것이고, 두뇌를 관장하는 시스템이 이성의 고삐를 느슨하게 풀어주자, 이때다 싶어 손끝으로 창의적 행동을 시작하게 된 것이다.

그림을 그려야겠다는 생각이 들자 발걸음은 자연스럽게 문구점으로 향했고, 스케치북과 펜을 사 들고 집으로 돌아왔다. 그날부로 그림을 그리기 시작했다. 처음부터 인물이나 근사한 풍경을 그리기는 불가능했다. 제대로 그림을 그려봐야겠다는 열정과는 반대로 동그라미는 물론이

고, 직선하나 똑바로 긋는 게 어려웠다. 마치 영어를 공부하기 위해 알파벳을 한 자 한 자 외우듯이 직선을 그리며 스케치북을 채워 나갔다. 시간이 지나자 점차 간단한 구조의 사물들을 그려 나갔다. 지우개를 그렸고, 휴대전화를 그렸고, 태블릿 받침대를 그렸다. 물론 처음 그린 그림들은 형편없었지만, 나만의 해석으로 대상을 그려낼 수 있는 표현의 근육을 단련하는 과정이라고 생각하니 조바심은 없었다. 꾸준히 지속해서 그림을 그릴 뿐이었다.

큰 그림을 보라

김삿갓으로 알려진 조선 후기 방랑 시인인 김병언은 이런 말을 남겼다. "自知면 晩知고 補知면 早知다." 스스로 알려고 하면 늦어지고 옆에서 누가 도와주면 빨리 는다는 뜻이다. 승률이 좋은 스포츠팀에는 유능한 코치가 있고, 최정예 부대에는 최고의 교관이 있듯이, '최고의 효율로 원하는 결과를 얻기 위해서는 선생님이 필요하다'라는 결론을 내렸다. 운이 좋게도 방문 교습이 가능한 선생님을 인터넷을 통해 알게 되어, 회사 점심시간을 이용해 그림 코칭을 받게 되었다.

사실 그림을 속성 과외를 받는다고 빨리 늘 것이라는

큰 기대는 없었다. 그림을 잘 그리는 데는 편법 같은 것이 존재할 리 없기 때문이다. 충분한 시간을 투자하고, 매일 반복하여 그리다 보면, 어느 순간 조금씩 늘게 되는 것이 그림이기 때문이다. 실제로 그림에 있어서 코칭이란, 원하는 사진을 따라 그리고 최대한 사진과 비슷한 결과물이 나올 수 있게 선의 각도, 기울기, 그리고 길이를 조정하라는 것이 대부분이다. 하지만 내게 있어 그림 코칭은 단순히 실력 향상이라는 기술적인 측면 이상의 의미를 지니고 있었다. 매주 정해진 시간에 수업받는 행위는 나약한 의지를 바로 잡고 지속해서 그림을 그리며 앞으로 나아갈 수 있는 동력이 되었기 때문이다.

내가 코칭 시간에 배운 핵심을 한 문장으로 써보자면 다음과 같다. "세부적인 것을 보지 말고 큰 그림을 보라." 처음 무엇인가를 그리려 할 때 세부적인 것을 보려고 하면 그릴 수 없지만, 사물의 윤곽을 먼저 그리면 끝까지 그릴 수 있다는 것이다. 예를 들면, 정육면체를 그릴 때, 육면체의 윗면인 마름모 형태의 사각형을 먼저 그리고 옆면의 기둥을 그리는 것이 아니라, 육면체를 하나의 덩어리로 보고 겉의 표면만 그려보는 것이다. 그리고 그 내부에 직선을 채워 놓고 그림을 완성해 가는 것이다. 이렇게 하면 구조의 복잡함에서 오는 어려움은 사라지고, 어떤 사물이든지 손쉽게 그릴 수 있다는 것이다. 복잡한 풍경도 마찬가지다. 아무리 복잡해 보이는 구도라 할지라도 자세히 관찰해보면 몇 가지 덩어리로 묶을 수 있다. 그리고 이 커다란 형태를 잡아 그림을 그리고, 구체화시키다 보면 어느새 그럴듯한 풍경화가 완성된다.

이런 의미에서 보면, 그림을 그리는 행위 자체가 삶의 문제 해결 과정과 닮았다는 생각을 한다. 아무리 어려워 보이는 상황과 마주한다고 하더라도 당황하지 않고 한 발짝 뒤로 물러나 큰 그림을 보기 시작할 때 해결의 실마리를 찾게 되는 것이 인생이기 때문이다. 멀찌감치 떨어져 상황을 관찰하고 문제들을 패턴화시키고, 자신이 할 수 있는 것들을 하나씩 구체화해 나갈 때 어느새 문제는 해결돼 버린다. 중요한 것은 어려워 보이는 상황 속에 들어가 발버둥치는 것이 아니라, 상황 밖에서 천천히 관찰하고 큰 그림을 보는 힘을 기르는 것이다.

아무리 복잡해 보이는 풍경이
라도, 먼저 큰 형태를 그려본
뒤 구체화시키면 보다 쉽게
그림을 그릴 수 있다.

1-3

밝은 것과 어두운 것

　그림을 잘 그리기 위해 중요한 것은 선의 각도, 기울기, 그리고 전체의 윤곽을 보는 힘을 기르는 것이다. 하지만 이에 못지않게 중요한 것은 사물의 밝은 면과 어두운 면을 구분하는 역량이다. '미세한 명암의 차이를 놓치지 않고 얼마나 이를 종이에 구현할 수 있는가'는 그림의 완성도에 큰 영향을 미친다. 심지어 드로잉에서 명암은 색보다 더 큰 영향을 미치는 요소다. 채색에서 가장 많이 발생하는 문제가 바로 명암 처리에서 생기기 때문이다. 명암을 잘 다루지 못하면 제대로 된 색을 사용할 수 없기에 그림의 디테일을 살리기 위해서는 필수적으로 명암을 다루는 연습을 해야 한다.

　생각해 보면 아주 강한 빛과 어두움은 사물의 형태를 변형시켜 버리고, 사물 고유의 색상과 질감마저 퇴색시켜 버린다는 점에서 드로잉에서 그 어떠한 요소보다 중요한 것이 아닌가라는 생각을 한다. 평면의 종이에 사물의 입체감과 생동감을 불어 넣는 것도 명암의 역할이고, 그림의 주제를 부각시키는 것도 명암의 역할이다. 따라서 그림의 대가들은 그림의 초기 단계부터 명암 배분을 설계하여 그림의 핵심 내용에 강한 대비를 집중시키는 전략을 사용해 왔다.

　나 또한 초기 단계에서는 그저 형태를 따라 그리기에 급급했지만, 어느 정도 드로잉이 익숙해지자 명암을 세부적으로 표현하는 연습을 진행했다. 구조가 직관적으로 드러나는 사물이나 건물은 명암의 파악이 수월하다. 하지만 어려운 것은 사람의 얼굴처럼 그 형태가 다양한 형태로 존재하는 것들이다. 처음 장모님의 얼굴을 그렸을 때는 이 명암의 차이를 구분하기가 쉽지 않아 애를 먹었다. 이게 그림자가 진 것인지, 장모님의 화장 때문인지, 어디를 어두움의 경계로 봐야 하는지 쉽지 않았다. 나는 인터넷의 다양한 얼굴 이미지들과 장모님 사진을 비교해 가며 정확히 명암을 구분해보는 연습을 했다. 얼굴에 선의 경계를 그어 빗금으로 명암을 표현해 보면서 밝음과 어두움을 가르는 훈련을 한 것이다. 그 결과 나중에는 꽤 그럴싸한 그림들을 완성할 수 있었다.

처음 그려본
장모님

명암을 통해 그럴싸한
그림으로 완성

자연물 그리기

현대 미술의 아버지라 불리는 폴 세잔은 미술사에 있어 의미 있는 발견을 했다. 오랫동안 사물의 기하학적 근본을 탐구했더니 결국 가장 단순한 형태의 도형 3개가 남는다는 것이었다. 그리고 그는 이런 말을 남겼다. "모든 자연은 구와 원통, 원뿔로 환원된다." 즉 자연의 모든 것은 이 세 가지 도형으로 이루어져 있으며, 그림을 그리기 위해서는 이 단순한 것들로부터 그리는 법을 배워야 한다는 것이다. 아마 이것이 미술학원들이 '기본 소묘'라는 과정을 만들어 기초 도형을 연습시키는 이유일 것이다.

재미있는 것은 세잔이 언급한 도형에 우리가 주변에서

가장 흔히 볼 수 있는 사각형이 빠졌다는 것이다. 이건 꽤 의외라고 생각했는데, 곰곰이 생각해 보니 자연에서 볼 수 있는 사각형의 형태는 존재하지 않았다. 다시 말해, 사각형이란 철저히 인위적으로 만들어진 구조물이라는 것이다. 사각형으로 존재하는 건물이 그렇고, 가구가 그렇고, 대부분의 가전제품도 그렇다. 이렇게 보면 인류의 문명이란 사각형을 계속 고도화시켜 가는 과정이 아닌가라는 생각이 든다.

그림을 그릴 때 어려웠던 것은 거리의 풍경이나 건물의 형태를 그리는 것이 아니라 자연의 모습이다. 건물은 구조를 직관적으로 볼 수 있지만, 자연물은 형태를 규정짓기 어렵기 때문이다. 흐르는 물과 하늘의 구름, 나무들을 어떻게 표현해야 하는지는 상당히 고민스러운 부분이다. 나는 특히 나무 그리기가 쉽지 않았는데 자연에서 나무는 종류도 많을뿐더러, 잎의 형태도 제각기이기 때문이다. 수많은 잎사귀를 어느 수준까지 어떻게 표현해야 할지, 세부가 보이지 않는 가지들은 어떻게 그려야 할지 접근하기가 어려웠다. 만일 수채화로 그린다면 녹색 물감을 풀어 붓으로 쓱 그어 버리면 그만이지만, 펜드로잉으로

표현하는 것은 또 다른 일이었다.

그러던 중 인터넷을 통해 나무 그리는 법을 보게 되었는데, 이 또한 기존의 그리는 방식과 다르지 않았다. 큰 형태, 즉 나무의 전체적인 테두리를 그리고, 안에서부터 채워나가는 방식이다. 조금 더 신경 써야 할 부분이 있다면, 어두운 부분과 밝은 부분을 구분해서 표현하는 것이다. 실제로 나무를 관찰해 보면, 짙은 녹색과 연한 녹색이 공존해 있는 것을 볼 수 있다. 좀 더 사실적인 표현을 하기 위해서는 어두운 부분과 밝은 부분을 덩어리로 묶어 표현해 보는 것이 중요하다.

1-5

보이지 않는 고릴라

미국의 심리학자 크리스토퍼 차브리스와 대니얼 사이먼스는 일명 '보이지 않는 고릴라'라는 실험을 통해 심리학계에 한 획을 그은 것으로 유명하다. 차브리스와 사이먼스는 검은 셔츠를 입은 학생팀, 그리고 흰 셔츠를 입은 학생팀으로 나누어 농구공을 이리저리 패스하는 영상을 촬영했다. 그리고 실험 대상자들에게 흰 셔츠를 입은 팀이 패스한 수만 세어 줄 것을 요청했다. 재미있는 것은 영상에서 9초 동안 고릴라 의상을 입은 여학생이 지나갔지만, 실험 대상군의 절반이 패스 수를 세는데 정신이 팔려이 고릴라 의상의 여학생을 보지 못했다는 점이다. 인간은 자기가 보고 싶은 것만 보려는 경향이 있다는 것이다.

　이제 그림 이야기를 해 보자. 그림을 시작한 지 한 달이 넘어가는 시점에는 사람을 집중적으로 그리기 시작했는데, 특히 사람의 손을 그리는 것이 어려웠다. 어색하지 않은 손 모양을 표현하고 싶어 여러 가지 손 모양 사진을 보며 그리기 연습을 했다. 그러던 중 내 그림을 본 드로잉 선생님이 이런 말씀을 하셨다. "사람들은 자신이 보고 싶은 것을 강조해서 그리는 성향이 있습니다." 내가 사진을 보고 정확히 그리려고 해도 특정 손가락의 길이가 길어지거나, 두꺼워진다는 것이다. 즉 그림을 그릴 때도 이 '보이지 않는 고릴라' 현상이 적용된다는 것이다.

　물론 그림이란 것은 자신의 해석을 통해 세상을 바라보는 창이기도 하지만 그림 초심자인 나의 일차 목표는 '보이는 것을 정확히 그리는 것'이었다. 어느 정도 드로잉의 기초 근육을 길러야 제대로 된 응용과 나름의 해석이 가능하지 않겠냐는 생각이 있었기 때문이다. 객관적인 시선으로 사물을 바라보려는 의도적인 생각을 가지고 좀 더 형태의 길이와 각도에 신경을 쓰자 나의 그림은 조금씩 균형점을 찾기 시작했다.

● 특정 손가락이 유난히 길거나 두껍게 그려짐

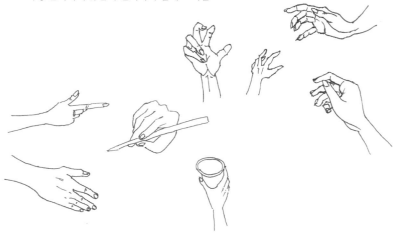

● 연습 후 조금씩 균형이 잡힌 손 모양으로 되어 감

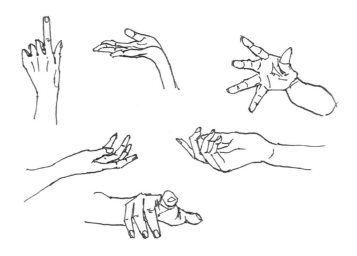

1-6

여백

그림을 그리면서 고민스러웠던 것 중 하나는 어느 정도까지 그림으로 표현해야 하는가라는 것이었다. 그림을 처음 그릴 때는 눈에 보이는 것을 있는 그대로 그리려고 했다. 주로 사진을 보고 따라 그리는 연습을 했으므로 사진에서 보이는 풍경을 그대로 재현하는 것에 중점을 뒀다. 하지만 미숙한 실력에 미처 표현하지 못하는 부분들이 생겨났다. 흐르는 강물의 표현이라든지, 쏟아지는 햇살과 풍경의 세부적인 사물들이다. 따라서 그릴 수 있는 부분만 그리고 나머지는 공간으로 남겨두었다. 그러다가 생각해 보니 적당히 표현하고 싶은 부분에만 집중하면 됐지, 군이 모든 것을 다 담을 필요는 없겠다 싶었다. 그래서 그릴까 말까 고민스러운 부분은 과감히 그리지 않았다. 표현할 수 있는 부분만 집중해서 그렸다. 그랬더니 무엇인가 분위기 있는 그림이 나오게 되었다.

　회화에는 여백이라는 개념이 존재한다. 이는 단순히 비어있는 개념인 공백과는 엄연히 다르다. 사물이 존재해야 할 자리 대신 이를 공간으로 채워 넣는 것이다. 공간을

● 카페의 전경을 그린 그림. 창밖에는 우거진 나무들과 아름다운 꽃들이 있었으나 어떻게 표현해야 할지 몰라 여백으로 남겨두었다.

비움으로써 채워짐을 표현하는 역설적인 장치이다. 이는 감상자로 하여금 빈 공간을 상상하게 하며, 그려진 부분에 시선을 다시 한번 집중하게 하여 그림의 주제에 대해 생각해 보게 한다. 채워진 부분을 통해 비워진 부분을 연상하고, 상상을 통해 그림을 온전히 받아들이게 되는 것이다. 내가 표현할 수 있는 한계까지 그림을 그려놓고 펜을 놓자 의도치 않게 제법 분위기 있는 그림이 완성됐다.

● 풍차 밑에는 강물이 흐르고 있었으나 과감히 생략했다.

2장

여행의
시작

고단함

장인어른께서는 몇 해 전 지병으로 돌아가셨다. 간이 좋지 않으셨고, 정기적으로 병원에 입원하시다가 환갑을 조금 넘긴 나이에 세상을 떠나셨다. 장인어른께서는 젊으신 나이에 다니던 회사를 그만두고 사업을 시작하셨다고 한다. 워낙 심성이 곱고 정이 많으신 분이라, '사업을 하면 안 되었을 분'이라는 말을 아내에게 누누이 들었다.

그 때문인지 사업을 하면서 항상 크고 작은 어려움을 겪으셨다. 지인들에게 큰돈을 떼이기도 하고, 믿었던 동료들에게 사기를 당하기도 하시면서 경제적으로 넉넉지 못한 삶을 사셨다. 따라서 장모님께서는 자라나는 자녀들의 생계를 책임져야 하는 삶의 무게를 안고 살아오셨다. 또한 장인어른과 함께했던 많은 시간을 병간호로 보내셔야 했다.

장인어른께서는 평생 단 한 번도 해외여행을 다녀오지 못하셨다. 나는 장인어른을 모시고 꼭 한번 비행기를 타고 해외로 나가고 싶었다. 하지만 '형편이 되지 않는다'라는 이유로 마음속의 다짐으로 그치고 말았다. 장인어른께서 거동이 가능하시던 마지막 해, 처남 가족과 함께 부모님을 모시고 1박 2일 단양 여행을 다녀왔다. 그리고 이것이 장인어른과 함께한 마지막 여행이 되었다.

'왜, 시간과 돈이 허락될 때를 기다렸을까?' 이것은 내 마음속의 응어리로 남았다. 한 번이라도 해외여행을 모시지 못한 것이 후회스러웠다. 나는 함께할 시간이 남아있는 동안에는 장모님과 함께 많은 추억을 만들기로 다짐했다. 이것이 내가 이 책을 쓰기로 결심한 가장 큰 이유가 되었다.

장인어른께서 돌아가시고, 장모님께서는 이제 좀 여유로운 삶을 사실 것으로 생각했다. 하지만 이런 기대와는 다르게 장모님께서는 더욱 각박한 삶을 사시게 됐다. 맞벌이 부부인 우리 집과 처남 집을 넘나들며 본격적인 황혼 육아에 뛰어드셨기 때문이다. 1살, 3살, 4살, 8살짜리 아이들을 손수 키우게 된 것이다. 우리 집과 처남 집에 번갈아 가며 청소하시고, 음식을 하시고, 어린이집과 학교 등원까지 책임지신다. 이제 막 태어난 조카를 돌보시는 것도 당연히 장모님의 몫이다.

　최근에 처남이 용인으로 이사를 했다. 장모님께서는 서울에 있는 우리 집과 용인에 오가시며 장거리 육아를 하시게 됐다. 육아의 베테랑이라 할지라도 이것이 계속되면 체력적으로 버티지 못하실 것이라는 생각이 들었다. 휴식이 필요해 보였다. 나는 장모님께 짧은 연휴 기간에 해외여행을 제안했다. 기분 전환도 하고, 잠시만이라도 휴식을 취하시는 것이 어떨까 했기 때문이다. 장모님은 한 번의 거절도 없이 흔쾌히 수락하셨다. 많이 힘드셨던가 보다.

4명의 아이들

울어대는 1살 아이

밥 잘 먹는 3살 아이

어린이집 등원하는 4살 아이

입맛 까다로운 8살 아이

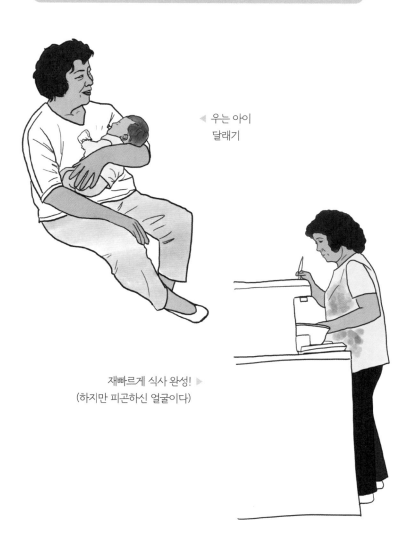

◀ 우는 아이
달래기

재빠르게 식사 완성! ▶
(하지만 피곤하신 얼굴이다)

2-2

출발

"이 서방! 왔는가?" 집 근처 공항버스 정류장. 장모님께서는 이미 만반의 준비를 마치고 나와계셨다. 장모님께서는 시간관념이 확실하다. 아마 이곳까지 오실 때 정확히 이동 거리를 계산하고, 혹시 생겨날 변수까지 고려해 약속 시각보다 10분 일찍 도착하신 모양이다.

장모님의 공항 패션이 인상적이다. 슬랙스에 러닝슈즈를 매칭시키고, 단순한 패턴의 티셔츠를 입으신 모습이 도회적인 이미지의 놈코어룩 패션이다. 이번 여행을 위해 아침에 미용실에서 머리도 손질하고 오셨다고 한다. 내가 이번 여행을 주제로 그림을 그리겠다고 말씀드렸더니 신경이 쓰이셨나 보다.

공휴일에 떠나는 여행이라 그런지 버스 정류장에는 이미 많은 여행객이 들뜬 모습으로 버스를 기다리고 있었다. 장모님의 얼굴을 봤다. '어떤 여정이 기다리고 있을까?' 기대에 가득 차신 표정이었다. 온전히 여행을 받아들이고 즐길 준비가 되어 있는 것 같았다. 장모님의 모습을 보니 이번 여행 일정이 장모님의 기대에 미치지 못하진 않을까 걱정이 될 정도였다.

여행 첫날, 태풍이 올 거라는 예상과 다르게 우리는 맑은 하늘로 아침을 맞이했다. 가로수의 나뭇잎 사이로 깨끗한 햇볕이 쏟아지고 있었다. 여행지인 오사카에는 비 소식이 예보되어 있었지만, 비가 온다 한들 그 또한 제법 운치 있는 여행이 되지 않을까 하는 생각에 큰 걱정은 되지 않았다.

해외 여행지로 떠나는 마음은 마치 잘 포장된 선물 꾸러미를 풀어보는 과정과 같다고 생각한다. 어떤 선물이 들었는지 알 수 없어도 선물을 꺼내는 과정과 행위 자체에서 큰 행복을 느끼기 때문이다. 잠시 후 버스가 도착했다. 버스 짐칸에 캐리어를 싣고 번호표를 받는 순간, '이제

공항버스
기다리는 중

진짜 시작이구나'라는 생각이 들었다. 길치인 내가 아무
쪼록 길을 헤매지 않고 좋은 추억만 쌓아서 돌아오길 기
도하며 버스에 올라탔다.

▶
버스에 올라타자마자
가방에서 꺼내 끼신 선글라스.
매우 잘 어울리신다.

● 이것이 장모님 룩이다!

잘 정돈된
파마 머리

현대미술 작품을
연상케 하는 문양의
디자트

주름방 코트

아담한 사이즈의
캐리어

물건이 가득찬 가방
(무엇이 들었을까.)

신축성 좋은 슬랙스

가벼운
러닝슈즈

2-3

공항

버스를 타고 1시간 좀 넘게 이동하자 공항에 도착했다. 장모님이 공항에 오신 것은 실로 오랜만의 일이라고 한다. 장모님의 마지막 해외여행은 신학대학원 동기들과 졸업여행으로 갔던 중국이다. 이후 꽤 오랜 시간이 흘러 다시 공항을 찾은 셈이다.

장모님과 다르게 나에게 공항은 마치 고속버스 터미널의 대합실같이 굉장히 익숙한 장소이다. 회사에서 내가 맡은 업무가 해외 출장을 다니는 일이기 때문이다. 불과 2주 전에도 같은 장소에서 체크인하고 있었다. 반복되는 출장은 내게 비행기를 타는 기쁨을 앗아갔다. 비행기를 타기 전의 설렘과 새로운 환경에 대한 기대감이 업무에 대한 긴장감과 부담감으로 변했기 때문이다. 어셈블리 공정의 숙련된 노동자처럼 척척 오사카행 비행기의 체크인을 마치고 잠시 숨을 고르며 공항을 돌아봤다. 그리고 곰곰이 생각해 보니 이번에는 무엇인가 다르다는 느낌을 받았다. 이전에 한 노교수님이 하신 말씀이 기억났다. 사는 것이 각박하면 계절이 바뀌는 것을 알아채지 못한다. 눈을 들어 시선을 밖으로 돌릴 여유가 없기 때문이다. 계절의 색들이 눈에 들어오지 않는다면 이는 몸의 적신호인 셈이다. 하던 일을 잠시 멈추고 아름답고 고즈넉한 풍경이 눈에 들어올 때까지 잠시 시선을 머무르는 연습을 해야 한다.

공항에서도 마찬가지인 것 같다. 삶에 지쳐 보이지 않던 것들이 휴가로 인해 마음의 여유가 생기자 보이기 시작하고, 보다 넓은 시선으로 다시 공항을 바라보게 된 것이다. 어떻게 보면 이번 여행이 장모님을 위한 힐링 여행이 아니라 나 자신을 위해 떠나는 여행이 될지도 모르겠다고 생각했다.

공항에 웬 알파카가? 한 안경 매장 앞에 볼리비아의 안데스산맥에서 뛰쳐나온 듯한 알파카 한 마리가 서 있다(물론 인형이다). 여유가 생기자 평소에 보지 못했던 것들이 눈에 들어온다. 이전부터 생각해온 건데 보온성이 좋은 알파카 털로 파카를 만들면 굉장히 따뜻할 것 같다. '알파카 파카'라는 어감도 좋고…….

공항 밖을 쳐다보는 것도 실제로 오랜만이다.

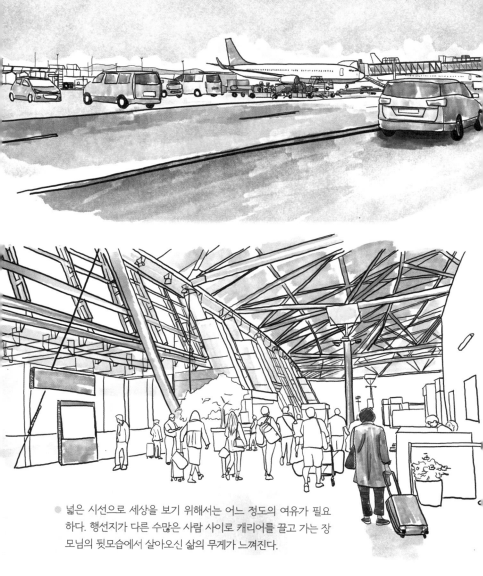

● 넓은 시선으로 세상을 보기 위해서는 어느 정도의 여유가 필요
하다. 행선지가 다른 수많은 사람 사이로 캐리어를 끌고 가는 장
모님의 뒷모습에서 살아오신 삶의 무게가 느껴진다.

2-4

식사

미국의 영화감독이자 각본가인 오손 웰즈는 "당신이 국가를 위해서 무엇을 할 수 있는지 묻지 말라. 점심이 무엇인지 물어라."라는 말을 남겼다. 당장 할 수 있는 것에 집중하라는 의미일 것이다. 짐을 모두 부치고 당장 할 일은 바로 점심 식사였다. 사실 그다지 배는 고프지 않았지만 딱히 할 일도 없었고, 점심 때가 다가오니 식사해야 하지 않겠나 생각했다. 다양한 식사를 즐기는 것 또한 여행의 중요한 일부이다.

국제공항답게 국제적인 음식을 많이 팔고 있었지만,

식당으로 가는 길. 공항을 자세히 관찰해 보면 상당히 한국적인 것들이 많이 있다. 예를 들면 조선 시대 수문장 교대식이라던가 전통 문화 체험관 같은 것들이 존재한다. 출국장 쪽 한국 전통 가옥을 본떠 만든 입구를 들어가면 식당가가 나온다.

장모님과 함께 온 만큼 한식을 먹기로 했다. 사실 한식은 내가 먹고 싶었다. 한때 '해외에 나가면 무조건 현지식을 먹고 그 나라의 문화를 체험해 봐야 한다'라는 것이 내 지론이었으나, 민방위 대원 편성도 제외되는 40세가 되자 '역시 음식은 한식으로……'라는 생각을 하게 되었다. 인도에 체류한 한 달 반 동안 현지식을 먹고 수없이 설사를

한 경험 때문이다. 그 이후로 해외에서 현지식을 접하게
되면 무슨 재료로 만든 것인지, 향신료는 자극적인지 파
악해 보고 내가 감당할 만한 음식인지 상당한 고민 끝에
먹을지 말지를 결정하는 습관이 생겼다.

공항 안에 있는 한 한식당에 들어갔다. 나는 육개장을
골랐다. 달고 짠 일본 음식을 먹기 전에 얼큰한 것을 먹고
싶었기 때문이다. 장모님께서는 북어 해장국을 드셨다. 한
국을 떠나기 전 제대로 된 국물을 맛보고 싶은 것은 장모
님도 마찬가지였나 보다. 탑승 시간까지는 그리 많은 시간
이 있지 않았기에 서둘러 식사를 마치고 비행기에 올랐다.

● 육개장과 밑반찬

◀

장모님께서는
별다른 말씀 없이
묵묵히 식사하셨다.

▶

비행기의 창가 자리에
앉으신 장모님.
일상을 뒤로한 채 잠시 떠나는
휴식의 공간에서 장모님은
어떤 생각을 하고 계실까?

도착

비행기를 타고 2시간 남짓한 시간이 흐르자 곧 오사카에 도착했다. 비행기에서 내리자마자 우리를 반기는 것은 다름 아닌 슈퍼마리오의 대형 간판이었다. 일본 만화를 보며, 비디오게임을 하고 자란 나는 도착하자마자 보이는 커다란 마리오 간판을 보며 '이야, 역시 비디오게임 종주국은 다르군……' 하며 감탄했다. 이건 여담인데, 마리오 옆에 있는 버섯돌이는 맹독을 가진 광대버섯을 모델로 했다. 아내는 어린 시절 처남과 함께 8비트 패미컴 게임기로 슈퍼마리오를 즐겼다고 한다. '장모님, 슈퍼마리오 아세요?'라는 질문이 목구멍까지 나오는 것을 참았다.

광대버섯. 먹으면 주변 사물의 크기가 커
졌다 작아졌다 하는 환각 증세를 보인다
고 한다. 한때 슈퍼마리오는 한 중년 배관
공이 독버섯을 먹고 환각에 빠져 망상하는
것이라는 루머가 있었다.

입국 수속을 마치고 공항철도를 탔다. 목적지는 숙소가 있는 도톤보리. 여러 나라와 도시를 다니더라도 그것이 비행기를 갈아타기 위한 경유지에 불과하면 실제로 외국인지 실감이 나지 않는다. 이런 이유와 비슷하게 현지에 도착했다 하더라도 공항 내에 있으면 '타국에 도착했구나'라는 느낌을 크게 받지 못한다. 하지만 공항철도를 타는 순간 이것은 바로 실제가 되어 버린다. 공항철도라는 것은 마치 판타지 소설에 나오는 어둠의 세계와 빛의 세계를 연결해 주는 중간계의 역할, 즉 서로 다른 세계를 연결해 주는 허브와 같아서 이곳을 거쳐야만 제대로 된 현지 세계로 발을 디딜 수 있다고 생각하게 된다.

공항철도가 달리기 시작하자 드디어 일본이라는 신세계가 눈앞에 펼쳐졌다. 이때 시간은 오후 8시 정도였고, 태양을 잃은 도시에는 깊은 정적이 감돌고 있었다. 재미있는 것은 이번 여행에서 처음으로 접하는 일본의 야경을 보기 위해 철도의 창밖을 열심히 바라봐도 내가 볼 수 있는 것은 오직 창문에 반사되는 나의 모습뿐이라는 것이었다. 나 자신을 들여다보고 창을 통해 비치는 장모님을 바라봤다. 피곤하지만 설렘과 기대에 찬 얼굴로 창밖을 주

● 창밖을 바라보는 장모님

시하고 계셨다. 하지만 장모님께서 바라보는 광경의 대부분은 나와 마찬가지로 창문에 반사된 자신의 모습일 것이다. 어쩌면 삶에 있어 여행이 중요한 이유는 일상과 잠시 떨어져 자기 삶을 바라볼 시간을 갖게 하기 때문일 것이다.

2-6

거리

도톤보리역에 도착해 호텔 방향으로 이동했다. 조금 걷자 밝은 조명과 현란한 간판들로 관광객들을 유인하는 시장 거리를 볼 수 있었다. 가장 먼저 눈에 들어온 것은 깨끗한 거리의 모습과 매끈하고 깔끔한 아스팔트의 마감 상태였다. 굉장히 평평하고 한 점의 훼손도 찾아볼 수 없는 검정 도로는 마치 티라미수 케이크에 골고루 뿌려진 코코아 파우더를 연상케 했다. 롤스로이스는 팬텀 신형을 출시할 때마다 '진화된 마법의 양탄자'라는 표현을 즐겨 사용하는데 이런 도로라면 경운기를 타더라도 양탄자와 같은 승차감이 느껴질 것 같았다. 과연 동경대를 나온 사

● 늦은 시간이지만 아직 시장의 식당들은 관광객들로 활력이 넘치고 있다.

람이 가업을 잇기 위해 좋은 직장도 마다하고 우동집에서 일한다는 장인의 나라 일본다운 아스팔트다.

나이가 들면 꽤 많은 것들이 금방 익숙해지고 당연하다는 듯 받아들이게 된다. 모든 환경과 상황, 심지어 색다른 경험을 하게 되더라도 이내 '뭐, 다 그런 거지' 또는 '어라, 이런 것도 있었군' 하며 이내 평상시의 감정으로 돌아가는 것이다. 그런데 이 '배고픔'이란 녀석은 아무리 시간이 지나도 익숙해지지 않는다. '음, 배고프군. 한두 번 겪은 것도 아닌데 세삼스럽게……'라고 반응하고 싶어도 이게 마음처럼 쉽게 되지 않는다. 심지어 나이를 먹을수록 배고픔에 민감해져서 마치 출향민들의 애향심을 달래듯 더욱 섬세하게 위를 달래주어야 한다. 제대로 된 음식을 빨리 먹어줘야 한다.

시간이 밤 9시를 넘어가고 있었으므로 호텔로 들어가기 전 적당한 곳에 들어가 식사하기로 했다. 당연한 말이지만 사방을 둘러봐도 일식집밖에 보이지 않았다. 대부분

● 초밥 세트 : 연어, 참치 뱃살, 광어 등으로 구성된 일반적인 세트. 큼지막한 생선 살과 잘 양념한 밥의 조화가 잘 어울린다.

● 일본식 돈가스 덮밥 가츠동 : 큼지막한 고기와 이를 둘러싸고 있는 계란의 노란색이 식욕을 돋운다.

● 내색은 없으셨으나 피곤하신 얼굴이다. 하지만 **좋**아하는 음식 이야기를 하실 때는 즐거운 표정을 지으셨다.

은 초밥집으로 어느 가게를 가도 중국인 관광객들로 넘쳐나고 있었다. 즉석에서 철판에 볶아주는 야키소바가 맛있게 보이는 곳으로 들어갔다. 일본에서 공식적인 첫 식사라 가장 일본다운 음식인 초밥 세트를 시켰다. 나는 원체 튀김 요리를 좋아하기 때문에 가츠동을 추가로 더 주문했다.

식사하며 음식에 관한 이야기를 화두로 꺼냈다. "장모님께서는 어떤 음식을 좋아하세요?" 결혼 이후 장모님과 수많은 식사 자리가 있었지만 정작 장모님이 좋아하시는 음식에 대해 잘 알지 못했다. 항상 집에 오셔서 아이들이 좋아하는 반찬이나 내가 좋아하는 요리를 해 주셨기 때문이다. "나는 나물을 좋아하지. 제철 나물 같은 것 있잖아. 취나물, 우거지 나물, 고사리 같은 것. 그런 나물들을 무쳐 먹는 걸 좋아해. 그리고 뭐가 있나?" 장모님께서는 잠시 생각에 잠기시더니 젓갈이 들어간 김치, 파래, 김, 해산물 등을 좋아하신다고 한다. 부산에서 자라셨으니 자연스럽게 해산물을 접할 기회가 많았으리라는 생각이 들었다.

● 장모님께서는 이야기하실 때 깍지를 끼시는 습관이 있다.

"사람이 나이를 먹으면 말이야, 음식도 어린 시절 먹은 음식이 그립고, 자주 찾게 돼. 마치 오랜 시간 만났던 친구들이 보고 싶어지는 이유와 같지." 그리고는 잔치국수를 좋아하신다고 한다. "내가 어렸을 때 어머니께서 잔치국수를 잘해 주셨어. 멸치육수를 내고, 갓 삶은 면 위에 고명을 듬뿍 올려주셨는데 그게 요즘 그렇게 생각이 난다." 생각해 보면 우리가 좋아하는 음식은 티본스테이크나 랍스터 버터구이처럼 격조 있고 값비싼 요리가 아닌, 흔하지만 어린 시절 추억이 깃든 음식들이 아닐까. 내가 좋아하는 음식들은 편의점의 인스턴트와 가공식품들인데 이것도 어린 시절의 입맛에 대한 향수일까?

● 이 집의 시그니처인 야키소바. 그냥 가기 아쉬워 한 접시 주문했다. 가게 앞의 전용 철판에서 갓 볶아 나왔다. 소스에 잘 볶아진 야채와 돼지고기를 맛보며 일본의 풍미를 느낄 수 있었다.

● 식사를 마치고 서둘러 호텔로 이동했다.

쇼핑

숙소에 짐을 풀고 바로 도톤보리강으로 나왔다. 짧은 여행인 만큼 최대한 많은 경험과 추억을 남기고 싶었기 때문이다. 도톤보리강은 오사카의 한 가운데를 흐르고 있는 강으로 강 주변의 골목 사이에 셀 수 없을 정도로 많은 식당이 즐비해 있는 곳이다. 장모님의 표현을 빌리자면 '일본 청계천' 정도로 묘사할 수 있겠다. 이 강은 닛폰바시 등 번화가를 거쳐 오사카성 근처까지 흘러간다. 그래서 도톤보리의 크루즈를 타고 오사카성으로 가는 일정도 준비했다.

불빛에 반사되어 근사한 야경을 만들어내는 도톤보리

는 이탈리아 베네치아를 연상케 했다. 장모님과 강가의 거리를 걸은 지 5분쯤 되었을까? 일본의 최대 할인 매장이라는 잡화점 '돈키호테'가 나왔다. 오사카의 정취를 채 느끼기도 전에 수많은 관광객들로 북적이는 가게를 보니 적잖이 당황스러웠다.

뒤돌아서 장모님을 보니 이미 쇼핑 바구니 탑재 완료. 이렇게 일본 관광 5분 만에 우리는 본격적인 쇼핑 모드에 들어갔다.

이곳의 처음 느낌은 다이소의 업그레이드 버전 정도로 생각했는데 매 층을 올라갈 때마다 쏟아지는 수많은 물건을 보니 비교할 바가 아니었다. 식품, 생필품, 주류, 전자제품 등 인간이 살면서 소비할 수 있는 대부분의 것을 한군데 모아놓았다. 가격도 저렴하고 워낙 종류도 많다 보니 이곳에 한번 발을 내디디면 자신도 모르게 두 손 가득히 나오게 되는 마법에 걸리게 된다. 나도 이 마법에 걸려 패키지가 귀여운 일본 과자와 음료수를 한 무더기 구입했다. 장모님도 선물용으로 과자를 구입하셨다.

장바구니에 물건을 가득 담은 채 계산하는 줄에 서서 하염없이 기다리는 관광객들은 마치 놀이동산의 인기 있는 놀이기구를 타기 위해 기다리는 모습과 비슷했다. 아무런 목적이 없어도 '쇼핑' 그 자체가 목적이 되어 버리는 장소, 돈키호테. 스페인의 펠리페 3세는 길에서 포복절도하고 웃고 있는 젊은이에게 "저 친구는 이성을 상실했거나, 돈키호테를 읽고 있나 보군."이라고 말했다고 한다. 이 말을 빌려 양손 가득히 무거운 쇼핑 봉투를 지니고, 거리를 돌아다니는 사람들을 보며 이런 말을 할 수 있을 것이다. "저 친구는 이성을 상실했거나, 돈키호테에서 쇼핑했나 보군."

마법의 쇼핑 장소, 돈키호테

● 패키지가 귀여운 음료와 과자를 구입했다.

2-8

글리코맨

오사카에 와서 내가 가장 보고 싶었던 것은 다름 아닌 '글리코맨'이었다. 글리코는 우리나라 빼빼로의 원형이 된 초콜릿 과자 포키로 유명한 일본의 대표적인 대형 제과 회사이다. 이 회사에서 오사카 도톤보리강에 옥외 광고물을 설치했는데 이것이 바로 '글리코맨'이다. 글리코의 네온사인은 한 마라토너가 '글리코'라고 새겨진 티셔츠를 입고 뛰고 있는 모습인데 왜 제과 회사에서 마라토너를 모델로 삼았는지는 잘 모르겠다. 1935년 설치되어 지금까지 여러 차례 철거와 재설치 작업이 있었으나 달리고 있는 이 마라토너의 모습은 변하지 않았다.

재미있는 것은 이 글리코맨의 생애가 장모님의 삶과 많이 닮았다는 점이다. 1955년 최초의 글리코 간판이 철거되고 2세대 간판이 1962년까지 있었는데, 이때 장모님은 7세였다. 장모님께서는 당시 초등학교 교감 선생님이셨던 아버지와 함께 꽃을 심고 정원을 가꾸며 시간을 보냈던 시절로 가장 아름다운 추억으로 남아있다고 하셨다. 이때의 글리코맨은 1세대와 비교해 크기가 더욱 커졌고 간판 아래에는 작은 공연시설이 있어 아름다운 연주가 끊이지 않았다고 한다. 아름답고 낭만적인 글리코 시대였다고 할 수 있겠다.

3세대 글리코맨이 등장했던 시기, 장모님은 고등학생이었다. 이때 글리코맨은 디자인적으로 가장 큰 변화가 있었던 시기였다. 크기와 외모는 물론이고 기존의 아치형 프레임이 원형으로 디자인됐다. 장모님의 삶도 마찬가지였다. 이 시기의 장모님은 두 차례에 걸친 전학, 그리고 부산에서 서울로 이사 등 삶에서 가장 큰 변화의 시기를 맞고 있었다.

4세대 글리코맨은 육상 트랙에서 처음 달리기 시작했다. 이 시기는 장모님의 20, 30대 시기로 직장 생활, 결혼,

그리고 출산에 이르기까지 어떻게 보면 가장 바쁜 인생의 트랙을 달려온 시기이다. 장모님의 40대 초반, 4세대 글리코맨은 철거된다. 설치된 건물이 재건축에 들어갔기 때문이다. 그리고 지금 글리코 마크의 모습으로 LED 조명과 함께 돌아온다. 이 시기에 장모님은 장인어른 사업체의 어려움으로 인해 극심한 스트레스에 시달리셨다고 한다. 하지만 이것을 신앙의 힘으로 극복했고, 이 시기가 LED 조명처럼 가장 빛나는 시기였다고 말씀하셨다. 항상 마음에 두고 있던 신학원에 들어가 하나님을 만나고, 뜻이 맞는 동료들과 뜻을 세운 시기였기 때문이다.

글리코의 네온사인은 비단 오사카뿐 아니라 일본에서도 유명한 랜드마크 중 하나가 되었다. 생각해 보면 그저 한 제과 업체의 옥외 광고물에 불과했던 글리코맨이 오늘의 위치에 서게 된 것은 특별한 대단함이 있어서는 아니다. 그저 80년이 넘는 세월 동안 한곳에 서 있었을 뿐. 어떻게 보면 삶을 살아가는 지혜도 이와 같을 것이다. 끊임없는 변화와 고난의 시간을 버텨내고 묵묵히 그 자리를 지키다 보면, 어느새 성장한 자신을 되돌아보게 되는 것이다. 글리코맨 앞에서 장모님은 만세를 외치셨다. 이것은 승리의 만세였다. 그 자리에서 버티고, 그 자리를 지킨 자의 승리일 것이다.

● 글리코 간판 앞에서 만세를 외치시는 장모님

2-9

간판

오사카에는 정말 다양하고 개성 넘치는 조형물 형태의 간판들이 존재한다. 마치 놀이동산의 놀이기구 탑승 입구를 연상케 하는 거대하고 다채로운 간판은 관광객들의 시선을 사로잡는다. 나 또한 각 가게의 특성을 잘 표현한 기발한 아이디어의 조형물들을 한참 동안 바라봤다.

다채로운 먹거리와 화려한 간판의 조화는 '오사카다움'을 이뤄내고 있었다. 간판이라는 것은 도시와의 조화 속에 자신의 역할을 묵묵히 수행하고 있을 때 눈에 들어온다. 건물을 뒤덮어 버리는 거대한 오사카의 간판은 주변과의 조화로움을 통해 눈에 거슬리지 않고 오히려 '음,

여기가 오사카군' 하는 느낌을 준다. 이는 사람들의 먹고 마시는 즐거움을 화려한 색채의 조형을 통해 상징적으로 나타내는 것 같았다.

일본만큼 간판을 통해 지역의 상징성을 볼 수 있는 나라도 없는 것 같다. 예를 들면 이틀 뒤 전통의 도시 교토로 이동했을 경우 정부에서 도시의 모든 색상, 크기, 조명을 세세히 규제한 것을 볼 수 있었다. 따라서 모든 간판이 무채색이며, 심지어 글로벌 기업의 워터마크도 이 규제에 따라 변형된 색상의 간판을 사용한다. 네온사인 간판은

● 오사카에 5개의 점포가 있는 라멘 체인점. 각 매장마다 용의 얼굴은 조금씩 다르다고 한다.

아예 찾아볼 수 없다. 이와 같은 맥락으로 보면 좋은 간판이란 '도시와 조화를 이루며 제 기능에 충실한 간판'이라는 생각이 든다. 너무 눈에 띄려고 노력하지 않고, 은근히 드러나 자신의 존재를 겸손히 알리는 것이다. 그리고 이런 간판들이 모여 결국 그 지역의 특별한 특성을 만드는 것이다.

어떻게 보면 우리의 삶도 결국 도시에 좋은 간판을 다는 여정과 비슷하다. 각각 서로 다른 개성을 가진 개인들이 공동체의 삶 속에서 끊임없이 조화를 추구하며 살아야 하고, 그러한 노력을 통해 우리의 삶과 공동체가 더욱 특별해질 수 있기 때문이다.

● 오사카에서 시작한 대게 전문점.
조형물의 게 다리가 움직인다고
한다.

● 1958년 개업한 세계 최초의 회전초밥집

● 오사카의 대표 먹거리 쿠시카츠 원조인
'쿠시카츠 다루마'의 사장님 얼굴 간판

● 곱창구이로 유명한
쇼와 타이슈 호르몬

2-10

편의점

이미 여러 책에서 밝힌 바 있지만, 내가 가장 좋아하는 음식은 인스턴트, 레토르트, 냉동식품, 가공육류, 그리고 편의점 음식이다. 그리고 나는 앞서 말한 모든 음식이 한데 모여 있는 편의점을 굉장히 사랑한다. 지금은 건강을 생각해 조금씩 줄이고 있지만 한때 모든 저녁을 편의점 음식으로만 먹은 적도 있다. 일본의 편의점은 맛 좋고 품질 좋은 음식들로 유명하다. 조금 과장하면 길거리의 다코야키 전문점보다 편의점 것이 더 맛있다. 천 원짜리 소시지에도 체더 치즈가 잔뜩 들어가 있고, 크림빵에는 크림이 흘러넘치도록 들어가 있다.

나는 각 나라의 편의점을 보면 그 나라의 경제, 문화, 사회를 알 수 있다고 생각한다. 따라서 매번 외국에 나갈 때마다 그 나라의 편의점을 방문해서 구경하곤 하는데, 일본의 편의점만큼 내 마음에 쏙 드는 편의점을 만난 적이 없다. 일본의 편의점을 한우 등급으로 비유하자면 A++, 다단계 직급으로 치자면 다이아몬드, 허리케인으로 치자면 5등급 퍼펙트 스톰급이다.

일본의 편의점 3대 천왕이라고 불리는 편의점이 있다. 세븐일레븐, 훼미리마트, 로손이다. 이 중에서 내가 가장 선호하는 편의점은 세븐일레븐이다. 세 곳 모두 맛있는 좋은 음식들이 있지만 특히 세븐일레븐의 PB(Private Brand)상품은 제품의 종류가 상당히 많고 저렴한데 맛도 좋기 때문이다. 고급스러운 샌드류의 과자나 커피음료, 아이스크림류의 PB제품들도 당장 포장을 뜯어 트레이에 담으면 호텔 케이터링 다과 수준과 흡사할 정도로 상당히 높은 수준을 자랑한다. 역시 장인의 나라 일본은 과자의 만듦새도 다르다는 느낌을 받는다.

나는 매일 밤 여행 일정의 마무리를 세븐일레븐에서 했다. 이것은 마치 매일 아침 온 부족이 모여 불에 대한 경배를 마치고서야 하루가 시작되는 인디언의 의식과 같았다. 매일 밤 편의점을 찾아 그날 분위기에 꼭 맞는 음식을 골라 호텔에 돌아온다. 천천히 그리고 꼼꼼히 제품을 살펴보고, 경건한 마음으로 포장지를 뜯는다. 그리고 한입 한입 먹으면서 하루의 삶을 되돌아본다. 오늘 하루도 이 오므라이스처럼 영양가가 있었나? 호박 퓌레처럼 달콤한 순간들은 무엇이었나? 내일 하루도 딸기 크림처럼 상큼한 일정이 될 것인가?

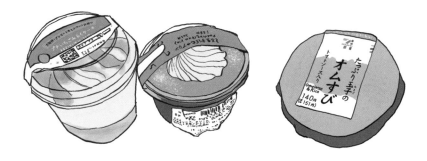

● 딸기 크림 디저트, 호박 퓌레 푸딩, 오므라이스
  좌측 2개의 디저트를 흡입하고 입가심으로 케첩 맛이 강한 오므라이스로 마무리했다. 매일 밤 편의점 음식을 먹는 것은 하루를 마무리하는 의식과도 같았다. 마음을 차분히 하고 하루의 삶을 뒤돌아보며 내일을 살아갈 용기를 얻는다.

3장

1일차

3-1

산책

외국의 도시에 가면 내가 꼭 하는 것이 있는데, 바로 아침 일찍 일어나 한가한 거리를 산책하는 것이다. 이른 아침의 도시는 화려한 조명과 관광객들의 활기의 거품이 빠져나간 그 도시의 민낯이다. 여행할 때 내가 가장 좋아하는 순간이기도 하다. 10월 아침의 따스한 햇살 속에 도시의 그림자가 서서히 사라지고, 생업을 위한 출근길이 시작된다. 오전 7시, 나는 밖으로 나가 도보로 갈 수 있는 반경 내에서 호텔 주변을 크게 한 바퀴 돌고 어젯밤 화려했던 도톤보리강 주변을 다시 돌아봤다. 사람들은 거의 찾아볼 수 없었다. 조용히 흐르는 강물과 무료한 표정을

● 한적한 이른 아침의 거리

지으며 앉아 있는 길고양이가 있고, 노숙인이 벤치에 앉아 허공을 주시할 뿐이었다.

　외국에서 완벽한 타인으로서 조용한 아침 거리를 걷는다는 것은 마치 삼인칭 시점에서 자신을 돌아보는 행위와 같다고 생각한다. 자신 속한 세상과 떨어진 비현실적인 공간에서 철저히 객관적인 입장으로 자신을 바라본다는 느낌을 주기 때문이다. 나는 창작 활동의 영감을 산책을 통해 많이 얻는 편인데, 누구의 시선도 의식할 필요가 없는 장소와 시간이 내 안 깊숙이 잠재된 창조의 우주를 깨우기 때문이다. (말은 거창하게 했지만 그렇다고 대단한 창작물을 발표한 적은 없다.)

● 한적한 도톤보리강의 전경. 늦가을 이른 아침의 햇살에 강물이 반짝인다.

● 호텔 주변의 골목

● 이른 아침 도톤보리의 골목.
  화려한 네온사인은 사라지고
  분주한 출근길만 남아있다.

아침 식사

산책을 마치고 장모님과 함께 아침 식사를 하러 나왔다. 산책길에 눈여겨본 일본 가정식집에 들어갔다. 정겹고 따스한 아침밥을 먹으러 가정식집으로 왔으나 우리를 응대하는 것은 키오스크의 차가운 메뉴판이었다. 물론 일본어를 모르는 외국인에게는 사진판을 보고 선택만 하면 되는 편리함이 있겠지만, 기본적으로 가정식 백반을 먹으러 간다는 행위 자체가 편하고 정겨운 음식을 먹으러 간다는 의미를 포함하고 있다고 생각하기에 맞아 주는 직원이 아무도 없다는 것에 일부 아쉬움이 남는다.

장모님은 생선구이 정식을, 나는 돈가스 카레덮밥을

시켰다. 개인적으로 카레를 상당히 좋아하는데 그중 일본식 갈색 비프 카레를 최고로 친다. 사실 내가 가장 좋아하는 일본 음식은 일본의 3대 경양식으로 불리는 돈가스, 크로켓, 카레인데, 이 중 돈가스와 카레를 한 번에 맛볼 수 있는 돈가스 카레덮밥은 내가 가장 좋아하는 일본 음식이다. 여기에 계란 프라이까지 곁들여 먹으면 세계에서 가장 비싼 카레인 사문다리 카자나도 부럽지 않다.

장모님께서 선택하신 메뉴는 정형적인 일본식 아침 식사 메뉴이다. 생선 한 토막, 미소된장국, 조미김, 두부 조각과 날계란으로 구성된 세트를 500엔 미만의 가격에 맛볼 수 있다. 생선은 소금 간을 하고 구운 것을 간장과 곱게 간 무를 함께 먹는다. 된장국은 진하고 구수한 한국식 된장과 달리 맑고 깔끔한 편이라 아침에 먹기 부담이 없다. 날계란은 보통 밥에 비벼 먹는 용도지만 특유의 비린내 때문에 장모님께서는 드시지 않았다. 날계란 밥 그러니까 '타마고카케고항'이라 불리는 일본의 대표적인 아침 식사는 날계란에 간장을 약간 넣고 휘저어 노른자와 흰자를 섞은 뒤 뜨거운 밥에 부어 먹는 아주 단순하면서도 영양가가 높은 식사지만 사실 가장 적응이 안 되는 일본 요리인 것 같다. 마치 산낙지를 말 그대로 산 채로 먹어버릴 때 외국인들이 바라보는 느낌이 이렇지 않을까?

● 아침 식사로 먹은 가정식 백반과 카레 돈가스

● 추가로 시킨 명란 계란말이. 뜨거운 계란 속에 반쯤 익힌 명란이 들어 있다.

구로몬 시장

"음, 여기는 경동 시장이네?" 장모님께서 말씀하셨다. 장모님께서는 한국과 비슷한 동네나 지역이 연상되시나 보다. 아침 식사를 마치고 오사카의 경동 시장, 구로몬 시장에 갔다.

오사카의 부엌이라고 불리는 구로몬 시장은 닛폰바시에 있는 전통시장으로 200년에 가까운 역사를 자랑한다. 일본 전역에서 들어온 다양한 식재료, 특히 신선한 어패류와 채소류를 판매한다. 관광객보다는 현지인들을 위한 시장이라고 하지만 가게의 절반 이상은 관광객을 위한 식당들이 차지하고 있다. 시장의 생김새는 한국의 시장과 비슷한데 더욱 다양한 길거리 음식을 팔고 있다. 대부분 즉석에서 구워 먹는 해산물과 고기류의 음식이다.

시장의 다양한 식자재처럼 다양한 상인들이 분주히 손님을 맞고 있었다. 40대에 들어서서 하는 여행이 이전과 다른 점이 있다면 현지의 아름다운 광경이나 정치가 눈에

● 삶의 터전에서 묵묵히 일하는
상인들. 관광객들을 바라보며
무슨 생각을 하고 있을까?

들어오기보다는 사람들이 살아가는 모습들이 보인다는 것이다. 휴식을 위해 잠시 생업을 떠나온 여행지에서 또 다른 방식의 생업이 눈에 들어오는 것이다. 삶을 위해 시장에서 고군분투하는 상인들을 보니, 힘들었던 우리 세대의 부모들이 떠오른다. 관광객에게는 잠시 스쳐 지나가는 즐거움의 공간이 이들에게는 오늘도, 내일도 끊임없이 이어져갈 생존의 공간인 것이다.

　장모님께서 가장 좋아하시는 길거리 음식은 다름 아닌 '어묵'이라고 한다. 20대 직장에 다니던 시절 퇴근 후 종종 근처 어묵집에서 따스한 국물과 함께 어묵을 먹고 있으면 일과에서 받은 스트레스가 다 풀리는 느낌이라고 하셨다. 아쉽게도 장모님이 좋아하시는 한국식 어묵은 시장에서 찾아보기 어려웠다. 대신 장모님이 고르신 것은 바로 문어 튀김과 게맛살 구이.

● 시장에서 장모님과 문어 다리 튀김을 사 먹었다. 양념이 거의 되어 있지 않고 문어 그대로를 튀긴 담백한 맛이다.

● 사람들이 줄을 서서 기다리던 게살 구이. 꽤 긴 줄에 서서 기다렸는데 막상 음식을 먹어 보니 거대한 게맛살이었다. 맛도 모양도 100% 게맛살.

크루즈

시장을 나와 다시 도톤보리강으로 향했다. 크루즈를
타고 오사카성에 가기 위해서였다. 아내가 가장 아쉬워했
던 것 중 하나는 장모님께서 평생 한강 유람선을 타보지
못하셨다는 것이었다. 주말에 시간 내서 꼭 한번 가보자
고 여러 번 말을 했었는데, 이런저런 이유로 유람선을 탈
기회가 없었다. 그래서 이번 여행에 유람선을 타는 일정
을 넣기로 한 것이다.

이번 여행에서 가장 많은 시간을 도톤보리강 주변에
있었지만, 크루즈를 타는 장소를 찾기가 쉽지 않았다. 나
는 기본적으로 상당한 방향치인지라 지도를 보고 한 번에

찾아가는 법이 없다. 크루즈 찾기도 예외는 없었다. 인솔하는 입장에서 길을 잃으면 상당히 난감하다. 이전 회사에서 몇 년간 해외 직원들을 통솔하는 연수 담당자로 근무한 적이 있는데, 매번 같은 장소에서 길을 잃어 직원들을 당황케 한 적이 있었다. 장모님께서는 뒤에서 따라오시고, 크루즈 시간은 정해져 있는지라 땡볕에 녹는 아이스크림을 바라보는 심정처럼 마음이 다급해졌다.

　운이 좋게도 강가를 산책하는 한 젊은 일본 청년을 만나 길을 물어봤다. 그는 당당하게 영어로 길을 묻는 외국인을 보고 적잖게 당황한 눈치였는데, 친절하게도 손짓과 발짓, 영어와 일본어를 섞어가며 성심껏 알려줬다. 일본인들은 청년들도 '예의가 참 바르다'라는 생각이 든다. "아리가또 고자이마스"를 남발하며 청년이 알려준 길로 허둥지둥 가 보았으나, 선착장은 보이지 않았다. 한참 뒤에야 이 청년이 길을 반대 방향으로 알려주었다는 것을 깨닫게 됐다. 나는 호흡을 가다듬고 호주머니에서 스마트폰을 꺼내 들었다. 그리고 내 모든 감각과 의식, 직관과 육감까지 다 동원해 필사적으로 인터넷 지도를 찾아봤다. 10분 같은 1분이 지나자 장모님은 이렇게 말씀하셨다.

"이 서방 여기네! 사람들이 많이 모여 있어! 어제 처음
내려왔던 그 자리였네."

● 크루즈 선착장을
찾으신 장모님

▼ 출발 시간이 다 되어 급하게 탑승한 크루즈. 강가에 내려가자마자 왼편에 있
었다. 참고로 우리는 강의 오른편에서 헤매다가 글리코맨을 다시 보고 반대쪽
으로 돌아와야 했다. '고맙다. 일본 청년……'

크루즈에 탑승하자, 장모님께서는 선글라스를 끼고 본격적으로 경치 관람 모드에 들어가셨다.

오사카성까지 연결되는 크루즈는 약 40~50분간 이동하는데 아쉽게도 눈 앞에 펼쳐지는 대부분의 광경은 아파트와 다리 지붕이 전부였다. 장모님과 나는 한동안 말이 없이 다리의 천장과 스쳐 지나가는 건물을 바라봤다. 옆에서 계속 '철컥, 철컥, 차차차차착' 하는 소리가 나서 둘러보니 한 중국인 관광객이 쉬지 않고 아파트와 다리 천장의 모습을 카메라에 담고 있었다. 그는 마치 1차 세계대전 때 참호에서 뛰쳐나와 기관총을 난사하는 돌격대장처럼 연속 촬영 셔터를 하염없이 눌러댔다. 그의 표정에는 단 하나의 피사체도 놓치지 않겠다는 굳은 의지와 비장감마저 느껴졌다. 그를 계속 쳐다보고 있자니 왠지 다리 천장과 아파트에 관심을 가져야겠다는 의무감마저 들 정도였다. 몇 분간을 다리 천장과 아파트를 번갈아 가며 쳐다보다 나도 모르게 그만 다리 천장 사진을 몇 장 찍고 말았다.

여행이라는 것이 그렇다. 대단한 것이 없어도 대단한 것처럼 반응하고, 사진을 찍고, 함께 온 사람들과 의미와

● 크루즈에서 보이는 다리 천장과 아파트의 전경

추억을 만들어 가는 것이다. 함께 있었던 공간을 기억하며 같이 회상할 수 있는 기회를 얻을 수 있다는 것 자체가 여행을 소중하게 만든다.

하지만 그 다리 천장 사진은 지금 봐도 아무런 의미를 찾을 수 없었다. 그는 왜 이런 사진을 찍고 있었을까? 아마 내 수준이 아직 그의 예술적 세계를 이해하기에는 역부족이었나 보다.

● 이런저런 생각을 하는 동안 크루즈는 오사카성 근처의 선착장에 도착했다.

3-5

점심 식사

선착장에 내리면 바로 텐마바시역이 나온다. 이미 점심시간이 훌쩍 지난 타이밍이라 역 안에 있는 식당에 들어가기로 했다. (역시 나이를 먹으면 배고픔을 참기가 힘들어지는 것 같다.) 주변을 둘러보니 꽤 괜찮아 보이는 라멘집이 있어서 들어갔다. "하하, 역시 일본에 오면 라멘을 먹어 봐야죠!"라며 자신 있게 들어갔는데, 알고 보니 중국집이었다. 일본에서 중국집이라니. 마치 낯모르는 여자가 "작가님, 오랜 팬입니다. 여기 사인 좀……"이라고 말을 거는 상황만큼이나 어색했다. (물론, 이건 희망 사항이다.)

별수 없이 탄탄멘과 볶음밥 세트를 시켰는데(사진이 크

게 찍혀있는 메뉴가 이것밖에 없었다) 제법 맛이 괜찮았다. 잘 발아된 쌀알 하나하나에 계란 옷을 코팅해 고소하면서 감칠맛이 나는 볶음밥, 적당한 매콤함과 짭짤함, 땅콩버터의 부드러움이 어울리는 탄탄멘, 어느 것 하나 부족함이 없는 맛이었다. 잘게 갈린 돼지고기 토핑과 노란빛을 띠는 곱슬한 면을 함께 먹으니 '오히려 일반 라멘보다 나은 걸?'이라는 생각이 들었다. 그리고 이후로 일본에서 라멘을 맛볼 기회는 없었다.

● 장모님은 "그래도 맛이 괜찮네?"
라고 말씀하셨지만, 정말 괜찮으신
건지는 알 수 없었다.

오사카성을 향해

식사를 마치고 오사카성을 향했다. 지도를 보니 바로 근처인지라 소화도 할 겸 걸어가기로 했다. 하지만 이것은 내 실수였다. 나는 이를 '오사카 참사'라 명명했다. 배가 불러서 잠시 잊고 있었는데, 이전 장에서도 언급했지만 나는 엄청난 방향치이다. 휴대전화로 구글맵을 켜놓고 방향을 잡지 못해 신호등을 건너갔다 돌아오기를 반복하는 사이에 꽤 많은 시간이 흘렀다. 아마 내가 흘린 식은땀만큼이나 흘렀을 것이다. 이스라엘 백성을 이끌고 광야에서 40년간 방황했던 모세의 심정이 이와 같을 것이다. 장모님께서는 내가 우로 가면 우로 오시고, 좌로 가면 좌로

오셨다. 다시 호흡을 가다듬고 모든 감각과 의식, 직관과
육감까지 다 동원해 올바른 방향을 찾았다. 오사카성을
향해 걷다 보니 걸어갈 만한 거리가 아니었다. (그리고 이
사실을 오사카성에 도착해서야 알게 되었다.)

사막을 뚫고 행군하는 병사들이 오아시스를 찾기 원하
는 심정으로 걷고 또 걷다 보니 오사카성 모양의 맨홀뚜
껑이 보였다. 마치 비단에 자수를 수놓은 듯한 아름다운
맨홀뚜껑이었다. 와세다 대학교 수석 졸업생이 맨홀뚜껑
공예라는 가업을 이어받기 위해 직장을 포기하고 조각했
나 싶을 정도로 완벽한 맨홀뚜껑이었다. 역시 장인의 나
라 일본은 다르다고 생각했다.

"장모님! 거의 다 왔나 봐요. 바닥에 오사카성이 있어
요!"라고 기뻐 외치며, 고개를 들어 바라보니 저 멀리 오
사카성의 녹색 지붕이 보였다.

"장모님, 조금만 힘내세요! 저기 녹색 지붕 보이시죠?"
나는 멀리 보이는 오사카성을 가리키며 말했다. 하지만
성에 도달하기 위해서는 지금 왔던 거리만큼 더 걸어야
했다. 심지어 오사카성 입구에서도 한참을 들어가야 성을
볼 수 있었다. 장모님은 힘들어하시는 기색이 역력했다.

● 저 멀리 보이는 녹색 지붕이
오사카성이다.

가까이 보이는 성의 외벽을 보고 "드디어 오사카성 도착!"이라고
외치고 싶었으나 성을 보기 위해서는 한참을 더 걸어가야 했다.

걷고, 또 걷고, 또 걷고.
"이 서방, 성은 언제 나오나?"

3-7

드디어 오사카성!

우여곡절 끝에 일본의 3대 성 중 하나이자 오사카의 상징인 오사카성 천수각에 도착했다. 오사카성은 16세기 도요토미 히데요시가 일본을 통일 후 자신의 권력을 과시하기 위해 만들었다고 한다. 성의 웅장함도 있지만 금빛 장식들과 에메랄드색 지붕의 조화는 굉장히 아름다웠다. 도요토미 히데요시는 원래 바늘 장수 출신의 하층민이었는데 혼란했던 전국 시기를 틈타 스스로의 힘으로 권력의 정점에 오른 인물이다. 따라서 자수성가를 원하는 일본의 청년들은 도요토미 히데요시를 신으로 모신다는 도요쿠니 신사에서 자신의 성공을 기원한다. 아름다운 전경과는

"이 서방, 여기 사진 한 장 찍게나!"

반대로, 이곳이 임진왜란을 일으킨 장본인의 성이자, 대륙 침략의 선봉에 섰던 일본군 사단 사령부에 있었던 곳이라는 역사적인 사실은 왠지 모를 씁쓸함을 준다.

오사카성에서 기념사진을 한 장 찍은 후 장모님께서는 "이 서방, 이제 내려가세"라고 말씀하셨다. 이것은 장모님의 말버릇 중 하나인데 항상 어디를 도착하시든지 "이제 가자(집으로 돌아간다)"라고 하신다. 예를 들면 모처럼 경치 좋은 카페에서 커피를 시켜도 '이제 가자'라고 하시고, 우리 집에 오셔도 '이제 간다'라고 하시며, 경치 좋은 근교로 드라이브를 나와도 '이제 가자'라고 하신다. (생각해 보니 이전 부산에서도 도착하자마자 '이제 가자'라고 하신 것 같다.) 나중에 시간이 흘러 알게 된 것이지만 '이제 간다'라는 말버릇은 실제로 돌아가겠다는 메시지는 아니다. '이 서방 힘들 텐데, 내가 가야 얼른 편히 쉬지'라는 뜻이었다. 사실 오사카성에서는 진짜로 힘드셨던 것 같다.

오사카성은 일본 학생들이 가장 많이 찾는 문화유적지이기도 하다. 내가 오사카성을 방문한 날에도 수학여행을 온 여러 학생 그룹을 볼 수 있었다. 한 가지 재미있는 것

● 오사카성의 공원.
시민들과 관광객들이 산책하는
모습이 평화롭다.

은 20명 가까이 되는 저학년 학생들을 선생님이 혼자 통
솔하고 있다는 점이다. 저 정도 인원에 저 정도 나이면 기
본적으로 통제가 쉽지 않을 텐데 보조교사 없이 수월하게
학생들을 가이드하는 것을 보니 신기할 따름이다. 교사의
리더십인가, 학생들이 착한 것인가?

조곤조곤 설명하는 선생님의 목소리에 귀 기울이는 아이들.
단정한 교복은 어려서부터 흐트러짐 없는 교육을 받고 있다는
느낌을 준다.

3-8

이동

우메다역 근처의 호텔로 숙소를 옮겼다. 위치상 고베 및 교토를 방문하기 좀 더 수월해 보였기 때문이다. 하지만 이것이 얼마나 멍청한 실수였는지는 다음 날이 돼서야 알 수 있었다. 교토 일일 투어 버스가 도톤보리강에서 출발했기 때문이었다. 우리는 다음 날 또다시 정신없이 도톤보리강을 가로질러 걸어야 했다.

호텔 체크인을 하려고 하니 선배 직원이 신입 사원을 교육하고 있다. 서비스업에서는 아직 도제식 교육이 주류를 이루는 것 같았다. "이봐, 신규 고객이 올 때는 이 버튼

● 호텔로 이동 중 '나는 누군가, 또 여긴 어딘가'라는 표정을 짓고 계신 장모님. 길을 제대로 찾기 위해 바짝 긴장하고 있었지만 20분 거리를 헤매야 했다. 장모님께서는 답답하신 나머지 지나가는 일본인에게 한국어로 "저기, 호텔 어딨어요?"라고 물으셨다.

을 누르고 여기를 체크해야 한다고. 여권번호랑 이름 확인하고……"선배 직원이 이런 식으로 가르치고 있었고, 신입 사원은 잔뜩 긴장한 모습으로 선배의 말에 경청하고 있었다. 어디선가 이 모습을 봤었는데, 하고 곰곰이 생각해 보니 비행기 체크인을 할 때 똑같은 상황을 목격한 기억이 떠올랐다.

● 선배 직원이 티케팅해주는
모습을 신입 사원이 뒤에서
긴장한 모습으로 바라보고
있다.

장모님께서는 20살 초반부터 직장 생활을 하셨다고 한다. 직장 생활 당시 장모님의 모습도 이러했을까 궁금해서 물어봤다. "장모님도 일하실 때 사수가 있으셨어요?" "아니, 내가 회사에 왔을 때 그 자리에는 아무도 없었어. 그저 있는 자료 다 찾아가며 혼자 공부해서 배웠지."

장모님께서는 유명 패션 기업에서 샘플, 원자재 발주, 외주 관리, 품질관리 등 다양한 일을 혼자 처리하셨다고 한다. 장모님께서는 사수가 없으셨다. 장모님이 처음 출근했을 때부터 그 포지션은 공석으로 남아있었고 혼자 좌충우돌하며 모든 것을 직접 몸으로 부딪치며 배우셨다. 하지만 자신의 업무를 가르쳐 줄 사람이 없었다는 것에 대해 아쉬움은 없으셨다고 한다. 있는 자료를 찾아보며 하나하나 스스로 공부하며 일을 터득하셨다. 일에 열정도 많으셔서 불과 3개월 만에 모든 업무를 빠르게 숙지하셨다고 한다.

　젊고 명석한 미스킴(장모님)은 회사에서 빠르게 인정받았다. 그 비결은 바로 '상사가 원하는 것이 무엇일까?'를 미리 생각하고 확실히 준비하는 것이었다. 미스킴은 팀장 주간 회의 시 아무도 시키지 않은 모든 스타일 넘버(옷을 생산할 때, 각각의 스타일을 인식하기 위해 부여하는 번호)에 대한 원자재 수급 현황과 발주 현황에 대한 요약자료를 정리해 책상 위에 올려놓았다. 열대우림의 야생닭이 머리를 힘껏 들어 올려 애벌레를 부리로 쪼아버리듯, 철저하고 확실한 외주 업체 관리를 통해 납기율 100%를 달성했으며, 한 치는커녕 1mm의 오차도 없는 정확한 업무 처리로 입사 3년 만에 회사에서 대체 불가한 재원이 되었다.

　미스킴이 결혼을 앞두고 퇴사 의사를 밝혔을 때 팀장은 오른팔이 떨어져 나가는 충격과 상실감, 허탈함에 사지가 떨리고 불면증과 불안장애 증상을 겪었으며, 회사는 마치 북대서양에서 침몰해가는 타이타닉호처럼 대책 없는 침체기를 겪어야 했다. 조금 과장을 섞자면 그렇다. 장모님에게 이 시기는 만개한 꽃과 같은 계절이었고 인생의 찬란한 황금기요, 삶의 하이라이트였다. 하지만 미스킴은 이 모든 영광을 칼로 두부 자르듯 단번에 정리해 버렸다. 미스킴에게 중요한 것은 조직의 인정, 업무가 주는 보람, 세상의 시선이 아니라 '화목한 가정'에 있었기 때문이다.

장모님께서는 지금도 말씀하신다. 당신에게 있어서 가장 중요한 것은 가정과 자식이라고.

고베

체크인하고 고베로 출발했다. 해는 이미 뉘엿뉘엿 지고 있었으나 우리는 고베행 지하철을 탔다. 목적지는 스타벅스. '아니, 고베까지 가서 스타벅스를 간다고?' 하는 사람도 있겠지만 고베에는 스타벅스 기타노이진칸점이라는 굉장히 특별한 스타벅스가 있다. 1907년에 지어진 미국인 소유 양옥집을 카페로 만든 곳이다. 따라서 이곳은 민간사업자가 운영하고 있지만, 유형문화재로 등록된 명소이기도 했다. 뿐만 아니라, 기타노이진칸점은 세계에서 가장 아름다운 스타벅스 중 하나로 선정되었다고 한다. 나는 개인적으로 스타벅스를 굉장히 선호하는 편이다. 커피 맛 때문은 아니다. 볼드하고 산미가 없는 스타벅스 원두는 내 취향은 아니지만 와이파이가 잘 터지며, 오랫동안 눈치 보지 않고 시간을 보낼 수 있는 곳을 찾다 보니 이 모든 조건을 충족시키는 스타벅스를 애용하게 된 것이다. 실제로 내가 쓴 책 두 권 분량 정도의 원고는 스타벅스에서 작성된 것이다.

힘겹게 몸을 싣고 퇴근하는 직장인들로 가득 찬 지하철에서는 굉장히 익숙한 공기가 흐르고 있었다. 세계 어디를 가나 퇴근길의 지하철은 분위기가 비슷한 것 같다.

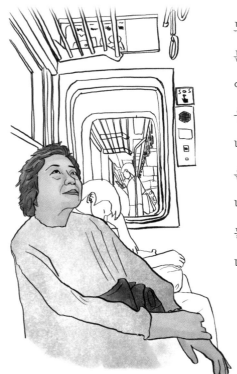

마치 부다페스트의 맥도날드나 뭄바이의 맥도날드가 분위기가 비슷한 것처럼 말이다. 잠시나마 업무에서 자유가 된 퇴근길은 즐거우나 동시에 고단하다. 이들은 힘겨웠던 일과에서 벗어나 스마트폰을 보고 음악을 들으며 잠깐의 여유를 누린다. 그리고 이를 통해 하루를 버텨갈 힘을 얻는다. 멀리 낯선 도시에 왔어도 직장인들을 바라보고 있 자니 정체 모를 불안감이 슬며시 고개를 든다. 같 은 공간 안에 힘겨운 일 상을 살아가는 사람들과 일상을 벗어난 사람들이 공존하는 아이러니한 상 황이 만들어내는 혼란함 때문일 것이다.

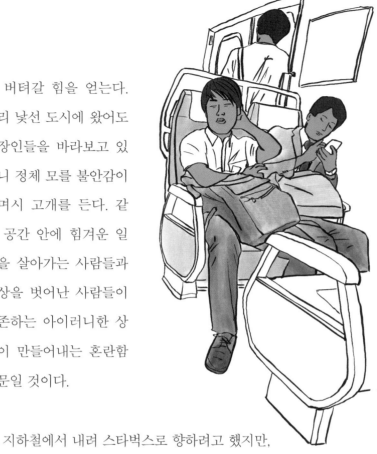

지하철에서 내려 스타벅스로 향하려고 했지만, 방향을 알 수 없었다. 그렇다. 난 방향치다. 지하철 안내원 에게 고베 관광 지도를 펼쳐 보이며 위치를 물어봤다. 그 는 아주 친절하게도 사무실 밖까지 나와 손짓하며 방향을 가르쳐 줬는데, 한참을 가고 보니 잘못된 방향이었다. 나 는 이것을 '오사카 제2 참사'라고 명명했다. 지도를 보며 이리저리 헤매는 동안 컴컴한 밤이 되었다. 타이타닉호와 함께 침몰하는 스미스 선장의 심정이었다. 장모님은 아무 말이 없으셨다. 장모님께서는 내가 우로 가면 우로 오시고, 좌로 가면 좌로 오셨다. 또다시 내가 흘린 식은땀만큼의 시간을 흘려보내고 구글맵을 켰다. 호흡을 가다듬고, 모든 감각과 의식, 직관과 육감까지 다 동원해 방향을 찾으려 했으나 기적은 쉽게 찾아오지 않았다.

● 알 수 없는 골목길로 인도하는 구글맵. 여기는 어디인가?
　고맙다…… 지하철 안내원. 덕분에 골목 탐방을 했다.

● '나는 누구이고 여기는 어디
인가?' 아무리 두리번거려
봐도 어딘지 알 수가 없다.

▲ 100년이 넘은 주택 가옥답게 고즈넉한 분위기를 자아내는 스타벅스 건물

▼ 30분의 사투 끝에 드디어 스타벅스를 발견했다. 늦은 시간이라 사람이 없이 한적했고, 우리는 커피를 주문하고 2층으로 올라갔다.

● 2층 방의 모습. 실제 사람이 거주했던
  장소라 식당, 침실, 서재, 접견실의 형
  태를 갖추고 있다.
  남의 집에 초대받아 커피를 맛보는
  기분이 든다.

● 장모님과 나. 헤맨 시간의 보상으로 꽤 오랫동안 이곳에서 시간을 보냈다.

빵집에 들어가니 나이가 지긋이 드신 노인들이 빵을 먹고 있는 모습이 보인다. 간단한 식사 대용으로 크로켓이나 크림빵을 먹고 있다. 노인들은 혼자 앉아 있다. 스마트폰을 보거나 신문을 읽지도 않는다. 묵묵히 바닥을 주시하며 빵을 먹고 있을 뿐이다. 마치 브라질 아마존에서 외부 세계와 완전히 단절한 채 세상을 살아가는 야노마미족처럼 정신을 외부와 차단하고 빵 한 조각을 씹는 데 모든 신경을 집중하고 있는 것처럼 보였다. 목을 적셔줄 음료는 없다. 그들의 모습을 보니 빵 한 조각을 앞에 두고 감사 기도를 드리는 노인을 묘사한 로다 나이버그의 유화 작품이 생각났다.

● 빵 먹는 노인들

    마감 시간이 다가오자 한 직원이 남은 재고를 확인하
러 매장 밖으로 나왔다. 빵의 개수를 세고 있다. 아마 노트
에 종류별로 수량을 체크하는 모양이다. 일과를 마무리하
려는 얼굴에는 피곤함이 묻어 나온다.

● 사자마자 허겁지겁 먹었다. 한국의 것보다 더욱 짠맛이 나는 소시지와 멜론빵.
당연한 말이겠지만 소시지빵의 맛은 소시지가 결정한다.

대관람차

늦은 저녁, 숙소와 굉장히 가까운 거리에 있는 대관람차를 타러 갔다. 도심에 있는 대관람차라 제법 근사한 야경을 볼 수 있으리라는 기대감 때문이었다. 대관람차를 타고 야경을 보려 고개를 돌렸지만, 내가 볼 수 있는 것은 오사카 시내의 아름다운 야경이 아니라 창문에 비친 내 모습뿐이다.

장모님께 물었다. "장모님, 아버님과 데이트하실 때 이런 관람차나 놀이동산 같은 데 많이 가보셨어요?" "나 때도 이런 게 있었는데, 이런 데는 안 갔어. 주로 명동 음악 감상실에 가서 좋아하는 음악을 신청해서 듣거나, 다방에서 커피를 마셨지. 아니면 영화관에도 가고."

여기서 잠깐, 장모님의 연애 이야기를 들어보자. 장모님께서 장인어른을 처음 만나신 것은 고등학교 때였다. 장소는 무궁화 빵집. 당시 친구 중 한 명이 펜팔을 해서 만나기로 했는데 그 친구의 대타로 만나게 되었다. 재미있는 것은 장인어른도 펜팔을 했던 친구의 대타로 나온 것이다. 미팅은 단둘이서가 아니라 서로의 친구를 대동한 단체 미팅 형식으로 이루어졌다. 그때 장인어른께서는 장모님을 보고 한눈에 반해 계속 쫓아다니셨다고 한다.

하지만 세월이 흘러 학교를 졸업하고 장인어른께서는 군대에 입대하셨고, 장모님은 취업하여 서로 각자의 삶을 살아갔다. 그러던 어느 날, 회사에 전화 한 통이 걸려 왔다고 한다. "이봐, 미스 김, 자네 찾는 전화 같은데?"라고 건네받은 전화의 주인공이 바로 장인어른이셨다. 군대를 제대하고, 수소문하여 이직한 회사의 연락처까지 알아내셨다는 것이다. 어엿한 커리어 우먼으로서 장모님은 당시 인기가 많아 여기저기서 맞선 제의도 받으셨다고 한다.

그런데 이 의지의 사나이는 매일같이 회사 입구에서 장모님을 기다리셨다고 한다. 어쩔 수 없이 퇴근길에 같이 식사도 하게 되고, 자연스럽게 데이트로 연결되었다.

　이후 더 드라마 같은 일이 벌어지는데 바로 가족의 결혼 반대이다. 뿌리 깊은 김 씨 가문(장모님 말로는 방 10칸 달린 한옥에서 사셨고, 아버님께서는 정책 고문으로 온갖 정계 인사들을 지인으로 두셨다고 했다)에 저처럼 허름한 청년을 가족으로 맞을 수 없다는 것이 이유였다. 어느 날 장모님의 어머니께서는 장인어른을 식사에 초대하시고 본인은 다른 친구들을 만나러 나가셨다고 한다. (아마 막장 드라마의 대가인 임성한 작가가 장인어른의 러브 스토리를 각본으로 연출한다면 대단한 작품이 되었으리라 생각한다.) 이미 장모님의 어머니께서는 잘나가는 집안의 남자와 맞선을 준비하고 계셨다고. 하지만 이런 시련은 사랑을 더욱 확고하게 했고 끝내 결실을 보게 되었다. (사실 사랑은 아니고, '내가 저 사람을 차버리면 너무 불쌍해서 천벌을 받을 것 같았다'라고 하셨다.)

● 도심의 대관람차

저녁 식사

저녁 식사는 너무 힘들어서 테이크아웃해서 호텔에서 간단히 먹기로 했다. 간단한 음식으로는 역시 패스트푸드만 한 것이 없다. 사실 나는 패스트푸드 마니아다. 호텔 주변을 둘러보니 웬디스 햄버거가 떡하니 있었다. 웬디스는 미국에서는 맥도날드, 버거킹과 함께 3대 프랜차이즈 버거로 유명하다. 특히 미국 남부를 대표하는 버거로 유학 시절 푼돈을 모아 이따금 사 먹었던 추억이 있는 햄버거다. 한국에도 몇 개의 매장이 존재했지만 2000년대 전후로 모두 모습을 감췄다.

호텔에 돌아와 햄버거를 한입 베어 물고 놀라움을 금

● 웬디스 매장의 전경. 한때 일본에서도 사업을 철수했다고 들었는데,
  어찌 된 영문인지 현지인들에게도 상당히 인기가 많아 보인다.

치 못했다. '어라, 이거 모스버거(일본의 햄버거 체인점)보
다 낫잖아?' 굉장히 담백하고 깔끔한 맛 때문에 일본 버거=
모스버거라는 생각을 가지고 있었는데, 머릿속에 이런 공
식이 싹 사라졌다. 근래에 먹어 본 햄버거 중 세 손가락
안에 꼽을 정도로 맛있었다. 아삭하게 씹히는 양상추와
아메리칸 치즈가 녹아 있는 두툼한 쇠고기 패티는 롤빵

맛이 나는 햄버거 번과 상당한 조화를 이루고 있었다. 잘게 갈린 쇠고기 분쇄육이 들어간 따뜻한 칠리 수프 역시 상당한 별미였다. 맛에 대해서는 칭찬에 인색하신 장모님께서도 버거가 맛있다고 하셨다.

● 치즈버거, 치킨너깃과 칠리 수프를 주문했다.

3-13

편의점 2

　록 스타가 꿈이었던 나는 어린 시절부터 메가데스, 메탈리카, 머틀리 크루 등의 헤비메탈 음악을 즐겨 들었다. 중학교 시절에는 철저하게 80년대 미국식 헤비메탈 사운드에 심취했던 시기라 한국 가요는 물론이고 한국의 록밴드들도 너무 물렁물렁한 음악을 한다는 이유로 듣지 않았다. 하지만 예외적인 한국 밴드가 있었으니 바로 한국 1세대 헤비메탈 밴드인 '백두산'이다.

　어느 날 백두산이 1987년 발표한 'Up in The Sky'가 녹음된 테이프를 친구가 들려줬는데 한국 음악이란 것이 믿기지 않는 샤우팅 보컬과 짜임새 있는 기타 솔로에 매

료되었기 때문이다. 그 이후로도 나는 백두산의 기타리스트 김도균의 연주를 종종 듣곤 했는데, 내가 그에게 매력을 느낀 건 사실 그의 기타 연주뿐만은 아니었다. 그가 나와 같은 편의점 마니아였기 때문이다. 그는 편의점에서 삼시 세끼를 해결한다. 디저트와 커피도 마찬가지다. 그는 편의점 주인이 세 번 바뀔 동안 줄곧 한 편의점만 이용했으며, 편의점에서 쌓은 포인트가 100만 포인트요, tvN의 예능 프로그램 〈편의점을 털어라〉에 출연했으며, 심지어 편의점 CF까지 찍었다. 그의 기타 실력보다 편의점을 이용하는 습관이 더 유명세를 치르며 인생의 새로운 전기를 맞았다.

나 또한 김도균 못지않은 편의점 음식 예찬가로서 편의점에 신상품이 들어오면 무조건 먹어봐야 직성이 풀리는 성격이다. 그러다가 문득 이런 생각이 들었다. '혹시 록 음악과 편의점 음식 간에 어떤 상관관계가 있는 것은 아닐까?' 마치 록 음악의 역사가 기존 체계와 질서, 계급에 대한 저항 의식으로 태어난 것처럼, 편의점 또한 '식사는 집이나 식당에서만 해야 한다' '슈퍼는 10시에 문을 닫아야 한다'라는 기성세대 의식에 대한 반발과 이에 대한 저

항 정신의 산물로 그 본질적인 태생의 궤가 같다는 생각
이 들었다. 실제로 록의 본고장, 미국의 편의점에 가보면
저항 정신을 직설적으로 항변하듯 '록 스타'라는 에너지
드링크가 한쪽 벽면을 가득 차지하고 있는 것을 종종 볼
수 있다.

이런 이유로, 나 또한 한때 록 스타를 꿈꿔 왔던 사람
으로서 언제부터인가 '로커라면 역시 편의점이지'라는 생
각을 하게 되었다. 김도균은 한 TV 프로그램에서 바로 집
옆에 있는 편의점에 갈 때도 운동복 차림이나 슬리퍼를
끌고 가지 않는다고 밝혔다.

항상 블랙진과 검정 구두, 가죽 재킷을 차려입고 경건
한 마음으로 로커들의 성지이자 안식처인 편의점을 순례
하는 것이다. 마치 에어로스미스의 조 페리가 자기 집에
있는 홈 스튜디오에 들어갈 때 완벽한 록 스타의 복장을
갖춰 입듯 말이다.

저녁 식사 직후 배가 상당히 불렀지만 편의점을 찾기
위해 밖으로 나왔다. 록의 정신을 잊지 않기 위해서다. 마
치 모슬렘들이 적당한 기도처를 찾기 위해 주변을 둘러보
듯 호텔 근처의 편의점을 찾기 위해 거리를 배회했다. 숙

소의 위치가 바뀌니 세븐 일레븐 찾기가 쉽지 않았다. 그렇다. 나는 방향치였다. 구글맵을 켜고 한참을 돌아다닌 끝에 편의점을 찾을 수 있었다.

● 찾았다! 세븐일레븐, 내 영혼의 안식처. '세븐일레븐'이
라는 상호 자체에 '록의 정신이 깃들어 있다'라는 생각을
한다. 마치 7시에서 11시까지만 영업할 것 같은 이름을
가지고도 24시간 영업하는 아이러니에서 상당한 반항적
기질을 엿볼 수 있지 않은가.

● 빨대 커피와 슈크림 빵, 커스터드 크림과 생크림이 절묘하게 배합되어 있다. 다음 날 아침 마실 요량으로 캔 커피를 하나 사두었다.

● 커피와 먹으면 더욱 맛있는 멜론빵도 샀다.

4장

2일 차

4-1

산책 2

아침 7시, 어제와 마찬가지로 산책을 나왔다. 도톤보리보다는 좀 더 복잡한 밀집 지역이고, 지하철역 주변이어서 출근하는 다양한 사람들을 관찰할 수 있었다.

◀ 40대 중후반으로 보이는 직장인. 검은 슈트와 흰 셔츠, 검정 크로스백. 느긋하게 출근하고 있다.

▶ 40대 중반의 직장인. 감색 슈트에 검정 구두, 검정 크로스백. 앞만 보고 걸어간다.

40대 중후반 직장인의 뒷모습. 역시 검정 슈트 장착. 손에 들린 서류 가방만큼이나 무거워 보이는 발걸음이다.

자전거로 출근하는 상큼한 30대 중반의 직장인. 한 손으로 휴대전화를 들고 뉴스 기사를 읽는 듯하다. 익숙한 출근길인지 한 손으로 자전거를 타도 여유가 넘쳐 보인다. 검정 슈트 장착.

● 길을 가다가 멈춰선 직장인. 회사에서 급한 메시지가 온 듯하다. 심각한 얼굴로 한숨을 쉬고 있다. 흰색 셔츠, 감색 바지 착용.

● 고민에 찬 얼굴로 천천히 거리를 걷고 있는 50대 직장인. 서류 가방이 없는 것을 보니, 기업의 임원으로 추정된다. 진회색 슈트 착용.

나는 패션 회사에 다녔고, 현재의 직장도 굉장히 자유로운 캐주얼 복장을 하고 다니기 때문에 정형화된 일본 직장인 패션을 보니 상당히 답답하다는 생각이 든다. 내가 며칠간 관찰한 일본 직장인의 전형은 이렇다. 검정 슈트와 흰 셔츠, 메탈 손목시계 그리고 검정 메신저백을 두르고 칼같이 정시에 출근해 조직의 구성원으로서 성실히 일한 다음 퇴근길에 간단한 안주와 함께 캔 맥주 한 잔을 들이켜며 삶의 찌꺼기를 훌훌 털어버리고 집으로 들어간다.

생각해 보면 일본인들은 제복을 참 좋아한다. 처음으로 단체 생활을 경험하게 되는 유치원부터, 초중고 모든 청소년 시절까지 교복을 착용하고, 사회로 나온 이들은 사복을 제복화하여 입고 다닌다. 제복이 주는 소속감을 통해 안정감을 찾으려는 것일까, 자부심을 얻으려는 것일까?

● 흰색 셔츠와 검정 바지, 검정 메신저백,
아마 일본 직장에는 근무 복장 규정이
매뉴얼로 존재할지도 모르겠다.

4-2

택시

여행하는 동안 몇 번의 택시를 이용했다. 오사카성에서 역으로 돌아갈 때, 스타벅스에서 산노미야역으로 돌아갈 때, 그리고 호텔에서 패키지 투어를 위해 도톤보리로 이동할 때다. 주로 길을 잃고 헤매다가 다시 숙소로 이동하는 길에는 택시를 이용했다.

택시를 탈 때마다 느끼는 것은 상당히 나이가 들어 보이는 기사분들이 친절하게 손님을 맞아 준다는 것이다. 푸근해 보이는 할아버지 기사분들이 깔끔한 제복을 입고 조용히 목적지까지 데려다준다. 참고로 일본 택시 기사의 연령은 평균 58세라고 한다.

　　고베에서 만난 택시 기사는 상당히 유창하게 한국어를 구사했다. 영어로 "코리안?"이라고 물어보고, 그렇다고 하자 한국어로 응대했다. 목적지는 물론이고, 한국 어디서 왔는지, 일본에 대한 인상은 어떤지 등 여러 가지 주제를 한국말로 물어보고 답변했다. 목적지에 도착하자 "안녕히 가세요"라는 말과 함께 택시요금을 할인해 줬다. 택시에 국제 품질규격인 ISO가 붙은 차량을 볼 수 있었는데, 택시

기사의 친절함을 정량화하여 서비스 품질을 관리하는 듯
했다. 항상 느끼는 것이지만 택시 기사의 제복은 정직하
게 목적지까지 안내해 줄 것이라는 신뢰감을 준다.

4-3

패키지여행

여행의 마지막은 가이드가 있는 교토 일일 패키지여행을 신청했다. 교토 대부분의 사찰이나 관광지는 언덕과 산 중턱에 자리 잡고 있어 대중교통으로 진입하는 데 어려움이 많기 때문이다. 투어 버스가 기다리는 곳은 도톤보리. 바로 크루즈를 타던 그 장소다. 투어는 이른 아침에 시작되므로 서둘러 이동했다. 또다시 도톤보리강을 가로질러 갔다. 오사카에 있으면서 하루에 한 번 이상은 이 도톤보리강을 건넜다.

이제는 너무나도 익숙해진 도톤보리강의 거리

시간에 맞춰 관광버스에 탑승했다. 같이 이동하는 한국인 팀은 30명 정도. 자리에 앉아 출석 체크를 하고 이내 가이드의 오리엔테이션이 시작된다. 주로 '이런 것들은 조심하시라, 이런 것은 여기서 구입하면 저렴하다, 약속 시간을 잘 지켜야 한다'라는 것들이다.

가이드

나는 개인적으로 여행 가이드를 굉장히 신뢰하는 편이다. 이전에 혼자 스페인 바르셀로나에 가서 일일 가이드 투어를 신청해 여행한 적이 있다. 그 당시 가이드가 "이곳에는 소매치기가 많아서 특별히 조심해야 합니다"라고 말했는데 말이 끝나기가 무섭게 소매치기들이 다가와 내 가방을 노렸다. 이때를 기점으로 어디를 가도 가이드를 잘 따라다니면 꽤 유익한 여행이 될 수 있다는 것을 깨달았다.

이번 교토의 가이드도 상당히 열정이 넘치는 사람이라 가는 곳곳 보이는 곳곳마다 쉬지 않고 관련된 정보를 제공했다. 단체 투어는 가급적 가이드를 바짝 쫓아다니는 것이 유익하다고 생각한다. 가이드 가까이 있어야 관광지에 대한 학습이 용이하고, 가장 좋은 사진 스폿을 찾을 수 있으며, 다양한 현지의 여행에 대한 팁을 얻을 수 있기 때문이다.

단체 투어의 한 가지 단점이라면 각 장소 방문 시 자유 시간이 충분하지 않다는 것이다. 하지만 짧은 시간에 최대한 많은 장소를 찍고 돌아와야 하는 여행의 특성상 어쩔 수 없다고 생각한다. 어떻게 생각해 보면 가이드가 정해준 시간은 여행에서 가장 효율적인 관리를 할 수 있는 최소한의 시간 단위이기도 하다. 여행사에서는 현지 가이드의 경험과 노하우에 따라 '이곳에서는 30분이면 적당해요. 음, 여기는 이동 시간이 있으니 50분 정도 필요합니다'라는 식의 의견을 받아 프로그램을 만들 수도 있겠다.

교토의 첫 방문지는 여우 신사로 불리는 후시미 이나리 신사였다. 가이드는 버스에서 내려 이동 수칙과 약속 시간, 약속 장소로 돌아오기 위해 기억해야 할 주요 건물을 알려주었다. "여러분, 사거리에 보이는 로손 편의점을

● 사거리의 로손 편의점

기억해야 합니다. 로손 편의점에서 길을 건너면 바로 주차장이 나와요." 여우 신사 길은 직선 방향으로 올라가기만 하면 되는 단순한 길이지만, 방향치인 나는 가이드의 말을 잊지 않으려고 머릿속으로 '로손 편의점이라, 로손 편의점, 사거리에 로손 편의점' 하며 여러 번 되뇌었다.

● 어디를 가나 인솔자의 설명을 잘 들으면 유익하다고 생각한다. 가이드의 설명
에 열심히 경청했다.

4-5

여우 신사

　이곳에서의 체류 시간은 약 40분. 40분이라고 하지만 그중 15분 동안 가이드의 설명을 들어야 하기에 자유 시간은 거의 없다. 한 바퀴 둘러보고, 적당한 곳에서 사진을 찍고 약속 시간까지 서둘러 버스로 돌아가야 한다.

　일본 사람들은 여우를 친근한 동물로 생각한다. 행복과 행운을 주는 동물로 알려져 있기 때문이다. 한 가지 흥미로운 점은 신사에 있는 여우상에 유부를 공물로 바친다는 점이다. 이는 여우가 유부를 좋아하는 속설이 있기 때문이라고 한다. 고기가 아닌, 식물 단백질인 유부를 좋아하다니, 일본 여우들은 온순하다는 생각이 든다.

▲ 여우 신사의 여우 조각상. 곡식 신의 사자라고 한다.

여우 신사(후시미 이나리 신사)는 녹음이 우거지고, 단풍이 있으며, 눈이 내리면 그 광경이 아름다워 4계절 내내 관광객이 끊이지 않는 장소이다. 특히 4km에 이어지는 도리이는 산기슭부터 산 정상까지 이어지며 오랜 시간 일본인들의 순례길이었다고 한다.

▼ 여우 신사의 전경

▲ 수많은 기둥은 자신의 성공을 기원하기 위해 전국 각지에서 봉납해 세워진 도리이. 센본도리이라고 불리며 이것이 이곳을 명소로 만들었다. 가이드는 이곳이 영화 〈게이샤의 추억〉의 배경이라고 하며 사진찍기 좋은 각도를 알려주었다.

◀ 여우 신사 입구에서
고기 꼬치를 파는 아저씨

4-6

금각사

이번 장소는 금각사, 말 그대로 금박으로 두른 사찰이다. 참고로 근처에 은각사라는 사찰도 있는데 은박으로 둘러있진 않았다. 호수 위에 은은히 비치는 사찰과 아기자기한 정원이 평온함을 준다.

가정의 평화를 기원한다는 부적.
부적 자체가 입장권이다.

● 금각사의 전경

4-7

가이드 2

모든 변수를 예측하고 시간을 통제하는 자, 중요한 정보를 제공함으로써 경험에 가치를 부여하는 자. 바로 여행 가이드이다. 앞서 말한 것처럼 나는 여행지에서 만나는 현지 가이드의 말을 굉장히 신뢰하는 편이라 가이드의 의견이나 요청에 귀를 기울인다. 사실 어디를 가나 가이드의 요청은 한 가지밖에 없다. 약속된 시간에 약속된 장소에 있으라는 것이다. 나는 특히 시간 약속에 민감한 편이라 항상 시간을 주시하며 늦지 않으려고 노력한다. 시간을 제한함으로 더 많은 자유를 얻을 수 있다고 생각하기 때문이다.

◀ "자, 사람이 많으니
한 줄로 이동하세요."

▼ 청수사 입구 거리. 아무리 혼잡해도
가이드의 깃발은 놓치지 않는다.

4-8

청수사

교토의 대표 관광지로 꼽히는 사찰 청수사.

뛰어내린 후 살아남으면 소원이 이루어진다는 청수사
본당 무대는 공사 중이라 뛰어내릴 수가 없었다.

이전 후쿠오카의 사찰에서 '일본에 왔으니 일본 약수
는 맛봐야지' 하며 실컷 떠먹었던 물은 약수가 아닌 손 씻
는 물이었다.

4-9

한정판과 애장판

한정판의 나라 일본. 거의 모든 콘텐츠의 전 분야에 걸쳐 한정판이 존재할 정도로 흔한 곳이 일본이다. 한정판은 일반판과 차별을 두기 위해 패키지를 변경하며, 게임이나 애니메이션, CD 등의 한정판 콘텐츠에는 일반적으로 포스터나 특별 제작된 특전 소책자 등이 들어간다. 한정판 피규어에는 특수 제작된 피규어 베이스나 일반판과는 다른 색채 또는 특수 부품들이 추가로 들어 있다. 물론 가격은 흉악한 편. 이런 디테일을 잘 알고 있는 것은 바로 내 취미가 게임 CD 및 피규어 수집이었기 때문이다. 사실 게임이나 피규어 등은 일정 기간이 지나면 더 이상 찍어

내지 않기 때문에 대부분 시간이 흐르면 한정판이 되어 버리기도 한다. 한정판은 덕후들의 문화다. 수집가를 위한 문화라는 것이다.

이런 논리로 콜라에도 한정판이 존재한다. 일본의 5대 도시를 테마로 도시의 이미지가 담긴 한정판 패키지가 발매되었는데, 그중 한 도시가 교토이다. 사실 콜라 수집은 이미 전 세계적으로 대중화된 대표적인 컬렉터 상품 중 하나다. 이전에 일산에서 '코카콜라 컬렉터즈 페어'라는 박람회가 열린 적이 있었는데, 정말 다양한 패키지의 콜

라들이 전시되었다. 여우 신사로 올라가는 골목을 지나치다 콜라 한정판을 판매하는 가판대를 봤는데, 병당 250엔에 판매하고 있었다. 재미있는 것은 이 가판대 옆 편의점에서 같은 콜라를 190엔에 판매하고 있다는 점이다. 일명 함정판(기대 이하의 한정판을 비하하여 일컫는 말로 유의어로는 낚시판이 있다)인 셈.

4-10

아이스크림

나는 아이스크림을 상당히 좋아한다. 심지어 다이어트
한다고 밥 대신 저지방 아이스크림만 먹은 적도 있을 정
도다. 최근에는 나름 칼로리와 건강에 신경 쓴다고 초콜
릿이나 바닐라 대신 녹차 아이스크림을 즐겨 먹고 있는
데, 사실 한국에서 제대로 된 녹차 아이스크림을 맛보기
란 마치 폴 매카트니 공연을 한국에서 보는 그것만큼 어
려운 일이다. 한국에서 먹을 수 있는 녹차 아이스크림은
굉장히 제한적이어서 녹차 맛 상품 라인을 가진 아이스크
림 브랜드는 나○루, ○○다즈, ○○○라빈스 등 손에 꼽힐
정도로 적기 때문이다. 게다가 녹차 아이스크림을 소프트

크림으로 파는 곳을 접하기란 마치 남아공의 프리미어 광산에서 10캐럿짜리 블루 다이아몬드를 채굴할 가능성만큼 희박하다.

그런데 일본에 와보니 길가의 조약돌처럼 널려있는 게 녹차 소프트아이스크림이었다. (참고로 녹차 아이스크림을 세계 최초로 고안해낸 나라가 바로 일본이다. 이미 1950년 대 녹차 아이스크림의 제조법이 알려졌다고 한다.) 어딜 가나 눈에 들어오는 것이 녹차 소프트콘을 파는 가게였는데, 사람들은 마치 공기의 소중함을 깨닫지 못하듯 무심코 지나가고 있었다. 이곳에서는 너무 흔하게 파는 것이 녹차 소프트콘이었기에 '음, 천천히 둘러보고 사 먹어야지'라는 마음으로 방심하고 있다가 그다음 날 숙소를 이동해 버렸다. 그리고 더 이상 녹차 소프트콘 가게를 볼 수 없었다. 나는 여행지 쇼핑의 격언, '눈앞에 보일 때 사라'라는 말을 다시 한번 가슴속 깊이 새기며 이틀간 마음속으로 끙끙 앓았다.

그러다가 청수사 앞 골목을 지나가는 길에 모든 사람이 녹차 아이스크림을 먹고 있는 광경을 목격했다. 남녀노소 구분 없이 정말 맛있게 먹고 있었다. 나는 마치 "엄마, 다른 친구들은 〈겨울왕국 2〉를 다 봤는데, 나만 못 봤어……"라고 말하는 아이의

심정으로 장모님을 쳐다봤다. 그랬더니 장모님은 아이스크림을 사 먹으라고 500엔을 꺼내 주셨다. 나는 예의 바르게 '장모님, 뭐 이런 걸 다 참……' 하며 손사래를 치고 마다하려는 생각은 눈곱만큼도 생각하지 못하고 바로 "감

사합니다!" 하며 넙죽 동전을 받아 아이스크림을 사 먹었
다. 정말 맛있었다. 너무 맛있었다. 부모님의 사랑에 맛이
있다면 그것은 녹차 맛일 것이다. 부모님의 사랑에 색이
있다면 이는 녹색일 것이다. 드넓고 푸르른 부모님의 사
랑은 아이스크림콘이 되어 내 손에 담겨 있다.

교토의 생업

노인 대국 일본은 인구의 30%가 노인으로 세계에서 가장 노령화된 나라다. 언뜻 보기에도 노인들이 너무 많아서 '어라, 젊은 사람들은 어딨지?'라는 생각이 들 정도였다. 비유가 적절할지 모르겠지만, 마치 천천히 관심을 가지고 주위를 살펴봐야 보이는 길고양이들이 대놓고 거리를 활개 치고 다니는 느낌이랄까?

일본의 노인들은 공항에서 입국심사를 돕고, 거리를 안내하며, 교통질서를 수호하고, 편의점에서 바코드를 찍는다. 홀에서 서빙을 하고, 공원에서 조경을 하며, 건설 현장에서 시멘트를 바른다. '음, 나는 노인이니까……' 하며

뒷짐 지고 산책을 하거나, 공원에 모여 내기 장기를 두는
모습은 찾기 어렵다. 노인 인력을 전문으로 운영하는 한
파견업체는 60세부터 시작해 75세까지 연속 근무한 직원
들을 시상했는데 수상자가 10명이 넘는다고 한다. 하루를
살기 위해 성실히 노동하고, 노동을 통해 다시 세상을 살
아갈 힘을 얻는다.

● 오이 파는 노인. 한국어로 인사가 가능해서 한국인 관광객들에게 인기가 많아
  보인다. 손님이 많이 없으나 항상 밝은 모습으로 관광객에게 안부를 건넨다.

관광지에는 노인이 있다. 교토의 관광지에는 물건을 파는 노인이 있다. 한 연로한 상인이 한국어로 "안녕하세요"라고 정겹게 인사한다. 누구에게는 환영의 언어가 누구에게는 생업의 언어가 된다. 소통할 수 없는 외국인들을 상대하며 하루하루를 힘들게 버티다 보니 어느새 생존

● 슬러시 파는 할머니. 가게를 단정하게 정리하며 손님을 기다리고 있다.

▶ 지하철을 기다리는
　장모님 1

▽ 지하철을 기다리는
　장모님 2

빵

　아침부터 밤까지 거리에서 헤매고 나니 상당히 배가
고팠다. 호텔로 들어가기 전 구수한 냄새가 나는 빵집에
들렀다. 나는 가공육을 좋아하는 입맛에 맞게 소시지빵,
장모님께서는 멜론빵(아마 소보로빵의 대용으로 고르신 것
같다)과 치아바타를 고르셨다. 장모님께서도 빵을 즐겨 드
시는데 좋아하시는 빵은 꽈배기, 계피 향이 은은히 퍼지
는 중국식 호떡 그리고 치즈나 올리브가 들어간 치아바타
이다. 직장에 다니실 때는 커피믹스와 통 식빵 찢어 드시
는 것을 좋아하셨다고 한다.

을 위한 언어를 터득했나 보다. 비록 얼굴에는 주름이 깊
이 파이고 허리는 구부정해 보여도 일에 대한 자신감과
삶에 대한 강한 의지가 느껴진다. 생업에 집중하는 이들
은 노인이기 앞서 자부심 있는 상인이다.

● 다코야키 파는 노부부. 벌써 수십 년째 다코야키를 뒤집고 있다는 듯 서로의
  손발이 척척 맞는다. 하얀 반죽이 노릇노릇한 다코야키가 될 때까지 쉬지 않
  고 손을 움직인다.

주먹밥과 수박 주스를 같이 팔고 있는 노인. 마치 오랜 경험 끝에 '주먹밥과 어울리는 주스는 수박 주스다'라는 결론을 내린 듯하다.

4-12

점심 식사 2

가이드는 청수사 근처 맛집을 소개했다. 하나 같이 평이 좋고 저렴하고 맛있다는 집이다. 그런데 가이드가 맛집 설명에 너무 많은 시간을 들인 나머지 실제로 식사할 시간이 많지 않았다. 아무리 맛집이라 해도 1.5km를 주차장 입구까지 걸어 내려가 왼쪽으로 돌아 200m 내려가면 있다는 우동집을 찾아갈 여유가 없었다. 게다가 가이드는 "워낙 맛집이라 20분 정도는 기본으로 기다려야 해요. 허허"라고 말했기 때문에 그가 "이 집은 메밀소바 파는 가게 중에서 제일 맛있는 집이에요. 하지만 가격도 그만큼 비쌉니다"라고 말한 집으로 들어갔다. 가격이 비싸서 그

런지 그 많은 인파가 지나가도 폭풍 속의 고요를 느낄 수 있을 만큼 한가로웠다. 입구에 들어가니 단정하고 깨끗한 마당이 나왔는데, 확실히 정돈된 마당에서 '돈이 있다면 들어와라'라는 배짱이 느껴지는 곳이었다.

한국에서 메밀소바라 하면 보통 살얼음이 둥둥 떠 있는 간장 육수에 메밀면을 담가 먹는 것이 일반적인데, 이 집에 오니 온면과 냉면을 선택할 수 있었다. 장모님께서는 따뜻한 국물에 고명이 올라간 한국식 메밀국수를 좋아하시지만, 모처럼 일본에 왔으니 일본 전통식 냉 메밀소바를 주문했다.

우리나라에서 가장 전통적인 면 요리라고 하면 멸치 육수에 고명이 푸짐하게 올라간 잔치국수가 연상되는 것처럼 일본에서 유서 깊고 꾸준히 사랑받아온 면 요리는 바로 차가운 메밀면을 간장 베이스 장국에 찍어 먹는 메밀소바다. 식당 직원의 안내에 따라 간장 육수에 간 무와 고추냉이를 조금 풀고 면을 덜어 맛을 보았다. 면 자체는 탄력이 있고 쫄깃한 식감이 훌륭했으나 한국의 달콤하고 짭조름한 맛과 다르게 가쓰오부시 향이 묻어 있는, 순수한 간장 본연의 맛이 느껴지는 짠맛이었다. 적어도 나와 장모님의 입맛에는 맞지 않았다. 하지만 둘 다 내색은 하지 않았다. 묵묵히 소스에 면을 찍고, 질겅질겅 면을 씹으며, 목구멍으로 넘겼다. 전통식 일본 가옥의 정갈한 다다미방 분위기와 다소 진지한 식당 직원들의 태도는 '에헴, 일본 전통식 메밀소바란 바로 이런 맛이라고, 이 촌놈들아!'라고 말하는 것 같았기 때문이다. 계산하는 순간에도 고개가 갸우뚱해지는 맛이었으나 우리는 아무 말 하지 않고 이곳을 빠져나왔다.

● 이것은 간장 맛인가, 메밀 맛인가?

4-13

커피

나와 장모님이 좋아하는 공통적인 한 가지가 있다면 그것은 바로 커피다. 또 하나의 공통점은 아침, 점심 하루에 두 번 커피를 마신다는 것이다. 물론 취향은 상당히 다르다. 나는 에티오피아 예가체프나 케냐 원두 같은 산미가 강한 커피를 핸드드립이나 에스프레소 머신으로 내려 마시는 것을 선호한다. 장모님은 혼합된 원두를 선호하는데 페루와 콜롬비아산 아라비카 원두를 좋아하시며, 이 두 원두가 최적의 배합률로 혼합되고 카제인나트륨으로 풍미를 더한 맥심 커피믹스를 최고로 친다.

일일 교토 투어의 마지막 종착지는 천 년의 역사를 간

직했다는 아라시야마였다. 이곳의 분위기는 장모님의 표현을 빌리자면 '충북 단양'과 같은 곳이다. 강이 있고, 다리가 있고, 나룻배가 다닌다. 가이드는 이 역사와 전통의 도시 아라시야마의 관광지를 30분 넘게 설명했다. 설명만 들어보면 매력적인 장소가 너무 많았으나 그중 내 관심을 끄는 것은 이곳에서 유명하다는 커피집이다. 사실 점심 식사 이후 체내에 카페인 수급이 되지 않아 상당히 답답한 심정이었다.

커피집 이름은 '퍼센트 아라비카'로 이름에서 알 수 있듯이 아라비카 원두로 내린 커피를 판다. (% 기호가 한글

● 커피집 앞에서 교통
정리하는 노인

'옹' 같다고 하여 '옹 커피'로 불린다.) 우리에게 주어진 시간은 한 시간 남짓이었고, 그 한 시간을 커피를 기다리는 데 모두 소비했다.

어찌나 사람이 많던지 커피 줄만 관리하는 '교통정리 노인'도 있었다. 이 노인은 관광객들의 커피 줄이 도보로 다니는 사람들을 방해하지 않게, 또는 차도로 나오지 않게 일렬로 줄을 세우거나 앞쪽으로 이동하라는 신호를 주면서 체증을 원활하게 한다. 다소 무뚝뚝하고 말할 땐 완강한 어투라 관광객들도 고분고분 이 교통정리 노인의 말을 듣고 있었다.

이 커피집은 밖의 줄도 가관이지만 안쪽은 더 놀라웠다. 수많은 주문의 커피를 처리하기 위해 4명이 한 팀이 되어 커피를 만들고 있었는데 모든 직원이 마치 자동차 생산 라인에 투입된 직원들처럼 에스프레소를 내리고, 얼음을 담고, 우유를 붓는 행동을 기계처럼 하고 있었다. 끝도 없이 쏟아지는 주문에 직원 표정을 보니 영혼이 빠져나간 듯했다. 주문하고 계산할 때만 살짝 미소를 보였는데 이 또한 그저 생산 라인의 한 공정과 같은 미소였다.

● 정확한 양의 우유를
　담는 직원

● 이게 커피숍인가, 전쟁터인가?

　줄을 서서 주문하고 커피가 나올 때까지 한 시간이 걸렸다. 이게 한 시간 기다리고 먹어 볼 맛이냐고 묻는다면? 역시 고개를 갸우뚱하겠다. 나와 장모님은 아무 말 하지 않고 묵묵히 커피를 마셨다.

4-14

아라시야마의 생업

1925년 주요섭이 발표한 〈인력거꾼〉이라는 소설이 있다. 하루 벌어 하루를 사는 한 가난한 인력거꾼이 어느 날 운 좋게 많은 손님을 받아 평소보다 많은 돈을 벌지만, 결국 쓰러져 죽게 된다는 이야기다. 소설의 말미에 시체를 걷어 가는 공보국 직원들이 인력거꾼은 매일 지나친 뜀박질을 하는 탓에 9년을 넘기지 못하고 죽어버린다고 대화하는 장면이 나온다.

아라시야마에서 소년 인력거꾼을 봤다. 아무리 높게 쳐줘도 18세 이상으로는 보이지 않았다. 꽤 오랜 시간 동안 이 일을 해 왔는지 양팔, 양다리는 햇볕에 검게 그을려 있었고, 오랜 훈련을 통해 안정된 호흡으로 뜀박질하고 있는 듯했다. 아직 정해진 루트의 절반밖에 오지 않았는지 정확한 보폭을 유지하며 페이스를 신중히 조절하고 있었다. 이와 대조적으로 인력거를 탄 외국 손님은 그 위로 보이는 경치를 보며 만족한 표정을 짓고 있다. 친구들과 운동장에서 공을 차거나 교실에서 지식을 배울 나이에 이 소년은 인력거를 끌며 세상살이를 배우고 있었다. 주요섭의 소설처럼 인력거꾼의 수명이 짧아 어린 나이부터 일을 배우는 걸까? 스쳐 지나가는 어린 인력거꾼을 보며 잠시 사색에 잠겼다.

● 외국인 관광객을 태우고 달리는 소년 인력거꾼

소년을 뒤로한 채 장모님과 아라시야마 거리를 산책했다. 거리를 걸으면 관광지가 생업의 터전인 사람들이 눈에 보인다. 이들은 정원을 다듬고, 음식을 팔고, 노를 젓는다. 관광객들의 색다른 경험과 즐거움을 먹고 사는 사람들이다. 매일매일 같은 장소에서 같은 일을 하며 같은 경치를 바라보는 이들에게는 어디가 관광지가 될 수 있을까?

　　버스로 돌아가는 길에 아까 그 소년 인력거꾼을 다시
만났다. 다른 손님을 태우고 언덕을 오르고 있다. 소년은
허리를 굽히고 체중을 앞으로 실은 채 힘껏 힘을 주어 올
라간다. 수도 없이 해 왔을 능숙한 동작이지만 힘듦이 느
껴진다. 마음속으로 삶의 무게가 수레의 무게와도 같을
소년을 응원하며 발길을 돌렸다.

4-15

다코야키

패키지 투어의 특징은 마치 뫼비우스의 띠와 같이 항상 시작 지점과 종료 지점이 같다는 것이다. 마치 타임 루프에 갇힌 영화의 주인공처럼 우리는 또다시 도토보리강으로 돌아왔다. 강을 가로질러 가는 길에 다코야키 가게에서 발걸음을 멈췄다. 사실 이 집 다코야키를 먹기 위해 강을 가로질렀다는 말이 정확하다.

나는 다코야키를 좋아한다. 어느 정도인가 하면, 2016년 해태제과에서 '다코야키 볼(과자 이름)'을 출시했다는 뉴스 기사를 접하자마자 슈퍼마켓에 뛰어가 다코야키 볼을 찾았을 정도로 좋아한다. 다코야키를 20살 중반에 처음 접했었는데 한 번 맛보고 그 맛에 빠져 버렸다. 살아서 춤을 추는 듯한 가쓰오부시의 비주얼과 달콤하고 짭짜름한 소스 맛은 기존 철제 형틀에서 만들어지는 음식과는 차원이 달랐다. 처음 다코야키를 접한 사람은 그 형태만 보고는 전혀 맛을 예측할 수 없다. 겉과 속이 다르기 때문이다. 예를 들면 철제 형틀의 대표 음식인 호두과자의 경우 부드러운 빵의 표면에서 시작해 그 안에 있는 팥 앙금을 먹을 때까지 일정한 밀도로 씹힌다. 즉 겉과 속의 질감이 동일하다. 하지만 다코야키의 경우 다소 딱딱해 보이는 겉모양과는 다르게 씹는 순간 속의 내용물이 '흘러내린다'는 느낌을 받는다. 겉과 속이 다르다는 것이다. 이것이 바로 다코야키의 매력이다.

　제대로 된 본토 다코야키를 먹기 위해 가이드한테 다코야키 맛집을 소개받았다. 도톤보리 골목에 있는 길거리 가게를 소개해줬는데, 맛집답게 관광객으로 둘러싸여 있었다. 다코야키를 받기 위한 줄은 흡사 연예인의 팬 사인회 현장을 방불케 했다. 한참을 기다려 다코야키 한 접시를 받아 왔다.

　장모님께 다코야키 하나를 건넸다. 장모님께서는 다코

야키를 하나 맛보시더니 더 이상 먹지 않겠다고 하셨다. 나는 '맛이 별로인가' 하며 커다란 놈으로 하나 입에 갖다 댔다. 씹자마자 바로 물풍선이 터지듯 문어가 가득 찬 내용물이 입안에서 쏟아져 내렸다. 놀라운 맛이었다. 눈물이 났다. (사실 이건 너무 뜨거워서였다.) 생생한 문어만큼 밀가루 반죽도 생생했다(덜 익었다). 다코야키는 그 동그란 형태를 유지할 수 있는 가장 최소한의 두께로만 익혀 있었다. 마치 우황청심환의 금박과 같이 얇은 다코야키의 피부는 내용물을 감싸기 위해 힘겹게 버티고 있었다. '이것이 본토의 맛인가?'라며 고개를 갸우뚱거렸다.

● 손님이 많아 적당히 구운 것인가? 아니면
  이것이 원래 다코야키의 맛인가?

다코야키를 먹고 나니 이 음식이 마치 장모님과 닮았다는 생각이 든다. 강건해 보이는 외모 이면에 순수하고 여린 심성을 가지신 장모님의 성품은 겉과 속이 다른 다코야키를 닮았다. 아직까지 삶에 대한 열정으로 가득 찬 장모님은 속이 뜨거운 다코야키를 닮았다. 다코야키를 닮은 장모님께서는 다코야키를 더 이상 드시지 않았다.

● 이것이 오사카의 다코야키

4-16

오사카의 다양한 생업

길을 가다 인상 깊게 보았던 사람들
을 그려봤다.

경찰 제복 아저씨

제복을 입었지만 경찰이 아닌, 마치
우리나라 모범운전자 같은 느낌이다.
참고로 모범운전자는 교통경찰과 비슷
한 옷을 입고 있지만, 경찰이 아닌 '모
범'이라는 조끼를 입고 있다. 얼핏 보면
단순한 자원봉사자로 생각할 수 있지

만, 이들은 사실 경찰서장의 임명을 받아 도로교통법상 수신호를 할 수 있는 권한이 있는 교통법규의 수호자들이다. 그림은 오사카 시내에서 만난 공공단체의 사무 행정 보조역할을 할 것 같은 제복의 아저씨. 50대 중반으로 추정.

지하철 제복 아저씨

우메다역에서 구석 자리를 한없이 지키고 있는 제복의 아저씨. 한 치의 미동도 없이 몇 시간을 그 자리에 서

있다. 고베에 가서 커피 한 잔 마시고 돌아오는 시간 내내 같은 자리에서 졸고 있었다. 의외로 젊어 보였고 (젊다고 해 봐야 40대 초중반) 어찌 된 영문인지 헬멧을 착용하고 있다. 굳이 이름을 붙이자면 지하철 안전 요원. 아마 혼잡한 지하철 내에서 사람들의 좌측 통행을 돕거나, 길 안내를 돕는 요원으로 추측된다.

원숭이와 조련사

일본은 야생 원숭이들로 유명하다. 특히 일본원숭이는 일본 열도 전역에 분포하며 온천욕을 즐기는 원숭이로 유명하다. 원숭이가 많은 일본답게 원숭이 공연으로도 상당히 유명한데 공연을 위해 원숭이들을 체계적으로 교육시키는 원숭이 학교가 있을 정도다. 이곳의 조련사들은 원

숭이에게 이족보행, 자전거 타기, 북 두들기기 등을 훈련
시킨다. 그림은 고베 하버랜드에서 본 원숭이 공연.

난바역에서 만난 관광안내소 직원

어설픈 영어로 이것저것 물어보니 한국어로 대응하는
관광안내소 직원. 지하철 패스를 구입하기 위해 방문했다.
이곳에서는 관광 정보는 물론 다양한 할인 티켓도 판매한
다. 한국어를 드라마에 나오는 재일 한국인처럼 능숙하게
구사해 이 정도 재원이 지하철 한편의 안내소에서 티켓을
판매하고 있기에는 아깝다는 생각이 들었다. 30대 초반으
로 추정.

흡사 에도시대 닌자가 뛰쳐나온 것과 같은 복장의 처자. 수리검과 쿠나이(손바닥만 한 길이의 단검)를 단번에 내리 꽂을 기세로 정체 모를 쿠폰을 팔고 있다. 사실 쿠폰을 파는 것인지 관광안내원인지는 잘 모르겠지만 변장과 은신, 교란, 첩보에 달통한 여성 닌자의 모습이다.

4-17

포즈

사진에도 분명 좋은 포즈라는 것이 존재한다. 사진 전문 사이트인 디지털 포토그래피 스쿨에서는 '여자 모델 뺨치는 필살 포즈 21가지'라는 흥미로운 기사를 내보낸 적이 있다. 예를 들면 '어깨너머로 카메라 바라보기' '손으로 얼굴 주변 감싸기' '무릎 붙이고 턱받침 하기' 등이다. 최근에는 완벽한 포즈를 구현할 수 있게 도와주는 사진 앱도 등장했다. 사진 못 찍고, 포즈도 못 잡는 사람들을 위한 앱이다. 보기 좋은 모든 것들에는 항상 정형화된 공식들이 존재하는 것 같다.

하지만 포즈라는 것은 일종의 습관이다. 마치 과거에

살던 생물이 퇴적물 속에 파묻혀 서서히 화석으로 변해 가듯, 이 포즈라는 것은 오랜 세월에 걸쳐 서서히 굳어진 그 사람만의 독특한 형상이다. 따라서 굳이 인체의 비례가 아름다워 보이도록 인위적인 포즈를 취하거나 가이드 라인에 따라 앉아서 고개를 뒤로 젖히고 다리를 뻗거나, 몸을 약간 비틀고 한 손으로 허리를 짚으며, 한 손을 머리 위로 올리고 고개를 살짝 젖힐 필요는 없다는 이야기다. 그저 살아온 방식에 따라 몸에 자연스럽게 체득된 형체를 자연스럽게 그대로 잡아버리면 그 또한 굉장히 아름다운 실루엣으로 남겨진다고 생각한다.

자세를 보면 그 사람의 성격이라든가 생활 습관이 그대로 드러나기 마련인데, 이 또한 사람을 잘 이해하는 데 도움이 된다. 장모님을 그리려고 관찰하다 보니 장모님 자세의 특징을 알게 되었는데 다음과 같다. 왼쪽 어깨가 오른쪽보다 조금 더 내려가셨다. 가방은 항상 왼쪽 어깨에 걸치며 무료할 때는 팔짱을 끼거나 손깍지를 끼신다. 걸어갈 때는 45도 각도로 바라보신다. 테이블에 앉아 계실 때는 주로 오른쪽 팔을 걸치며 주먹을 쥐고 계신다. 사진을 찍을 때는 구조물(주로 나무)에 기대는 것을 좋아하

신다.

　때로는 특정한 포즈를 보는 그것만으로 떠오르는 것들이 있다. 예를 들면 거미처럼 다리를 접고 거미줄을 쏘는 자세의 스파이더맨, 땅 위에 웅크린 모습으로 등장하는 터미네이터, 양팔을 들어 올리며 날아가는 슈퍼맨 등 포즈만 봐도 그 캐릭터나 영화의 장면이 연상된다. 이런 시그니처 포즈들은 캐릭터의 성격을 표현하기도 하고 작품의 주제를 말해주기도 하는데, 지금 생각해 보니 장모님의 시그니처는 나무 기둥 포즈다. (계속 장모님을 그리다 보니 이제 나무 기둥만 보면 장모님이 생각난다. 그리고 사실 장모님께서는 나무를 좋아하신다.)

4-18

저녁 식사 2

밀라노의 산타 마리아 델레 그라치에 성당에는 레오나르도 다빈치의 가장 유명한 작품 중 하나인 〈최후의 만찬〉이 소장되어 있다. 이 최후의 만찬에 묘사된 만찬 메뉴는 다름 아닌 발효된 빵과 생선이다. 생선이란 음식은 기독교 역사에서 꽤 중요한 위치를 차지하고 있다. 당시 서민들의 음식이기도 하고, 성서에서는 먹을 것과 관련해서 최고로 꼽히는 '오병이어'의 기적을 언급하기 때문이다. 오병이어(五餠二魚)의 기적이란 말 그대로 떡 5개(떡으로 초월 번역되었지만 사실은 떡이 아니고 빵임)와 물고기 2마리로 5천 명을 먹였다는 기적이다. 또한 기독교가 박해받던 시절 기독교인들은 카타콤과 같은 지하 무덤에서 예배를 드렸는데, 이때 기독교인이라는 신분을 확인하기 위해 물고기라는 상징을 사용하기도 했다. 생선이란 일종의 상징성이 있는 음식이라는 것이다.

일본이 기독교와는 거리가 있는 나라이긴 하지만 한 가지 공통점이 있다면 생선과 상당히 밀접한 관계가 있다는 점이다. 일본은 사면이 바다로 둘러싸인 지리적 특성 때문에 예로부터 생선이 중요한 단백질 공급원이었다. 심지어 일본의 40대 천황인 덴무 텐노가 불교를 국교로 삼기 시작하면서 7세기부터 약 1,200년에 걸쳐 육식 금지령이 내려졌기 때문에 생선이 외의 음식을 접하기란 여간 어려운 일이 아니었다. 이런 여러 가지 사정 때문에 일본은 생선을 제일 많이 소비하는 국가로 뽑히기도 했는데, 일본인은 1년에 자신의 체중을 웃도는 양의 생선을 섭취한다는 통계 조사가 이를 대변한다.

가히 생선의 나라로 불려도 손색이 없는 일본에서도 단연 '가장 일본다운 생선 음식'을 굳이 뽑자면 '초밥'이라고 할 수 있겠다. 잘 조미된 쌀밥을 베이스로 깔고 그 위에 다양한 종류의 생선을 굉장히 절제된 방식으로 슬라이스하여 간장 소스에 찍어 먹는 것이다.

사실 나는 생선보다는 가공 육류, 날것보다는 튀긴 음식을 선호하기 때문에 초밥은 관심 있는 음식이 아니었다. 내가 초밥을 처음 접한 것은 초등학교 5학년 때 친구 엄마가 백화점 지하의 음식 코너에서 사주신 초밥이었는데, 조리하지 않은 날생선을 먹는다는 것이 상당히 '마니악하다'라는 느낌을 받았다. '데스메탈'이라 불리는 극단적인 헤비메탈 음악 장르를 소재화한 와카스기 키미노리의 《디트로이트 메탈 시티》란 만화가 있다. 만화의 주인공 크라우저 2세는 이런 대사를 내뱉는다. "살아 있는 생물을 쌀 위에 얹어 먹는 이 음식이야말로 진정 데스메탈적인 먹거리군." 초등학생에게 다양한 날생선은 실로 순록 고기를 생으로 뜯어 먹는 서부 아프리카의 원주민처럼 야만적으로 느껴졌던 것이다.

시간이 흐르고 일본 만화에 심취해 있던 고등학교 시절, 테라사와 다이스케의 《미스터 초밥왕》이라는 작품을 보게 되었다. 본격 초밥 배틀물인 이 만화에는 상상을 초월하는 표현들과 대사가 난무하는데, 예를 들면 "물에 살짝 데쳐 표면을 산뜻한 감촉으로 처리하면서 감칠맛을 활성화해 단맛을 배가시켰다. 갯장어 초밥을 완전 새로운 차원으로 끌어 올렸어" "오오, 고기의 맛과 지방의 맛이 혀 위를 흐르듯 스며든다. 입속에 넣자마자 녹아버리는 비단 같은 부드러움" 같은 표현들이다. 한참 감수성 예민한 고등학생의 입맛을 자극하는 만화에 몰두한 나머지 '이것이 진정한 일본의 초밥이다!'라는 생각과 함께 본토

● 일본의 초밥은 패스트 푸드점처럼 어느 집을 들어가도 일정 수준 이상으로 훌륭한 맛이 난다. 아마 각종 어물의 취급 방법이 급속히 상향 평준화되어 《미스터 초밥왕》에 나오는 비법들은 웬만한 길거리 초밥 가게에까지 전수된 느낌이다.

의 초밥을 먹으러 가야겠다는 다짐을 하게 됐다.

그리고 20년이 넘는 세월이 지나 오사카에 초밥을 먹으러 오게 된 것이다. 어찌 됐건, 일본의 마지막 저녁으로 근사한 초밥 세트를 먹으니 '이것이야말로 최후의 만찬다운 음식'이라는 생각이 든다. 레오나르도 다빈치가 살아생전 초밥을 먹어 봤더라면, 초밥을 주제로 한 프레스코 벽화를 피렌체 성당 어느 구석엔가 그려 넣지 않았을까.

● 얼핏 봐도 70세 이상 되어 보이는 어르신이 초밥을 만들고 있다. 한 조사에 의하면 초밥 가게 주인의 37% 이상이 60세 이상이고, 후계자가 없는 가게가 60%라고 한다. 해를 거듭할수록 초밥 요리사 과정에 입문하고자 하는 젊은이의 수는 줄어들고 있다. 초밥 장인들이 만든 제대로 된 초밥을 즐길 날도 얼마 남지 않은 것 같다.

편의점 3

4년간 미국 생활을 하며 많은 재미 교포 1세대들을 만났다. 이들은 서부에 정착하던 동부에 정착하던 한 가지 공통점이 있었는데, 바로 자녀 세대의 성공을 바라보며 하루하루를 버틴다는 점이다. 결과적으로 이들이 타국에 정착하기 위해 흘린 땀과 노동의 대가로 자녀 세대가 교육적, 문화적 혜택을 누릴 수 있게 되었고, 유창한 영어를 구사하는 자녀들이 사회에 동화되어 갈수록 이들의 자존감도 높아갔다. 이민 1세대들은 자신들의 미숙한 영어로 인해 영어가 걸림돌이 되지 않는 일거리를 선호하며 삶의 터전을 넓혀 갔는데, 이것이 바로 한인들이 세탁소와 슈퍼, 과일 가게에서 일하고 있는 이유이다.

최근 캐나다 CBC 방송에서 〈김씨네 편의점〉이라는 드라마가 전파를 타며 큰 인기를 끌었다. 한국 이민자 가정의 이민 1세대와 1.5세대 한인 가족이 겪는 삶을 현실적으로 그려냈기 때문이다. 이 드라마도 큰 맥락에서는 앞서 말한 재미 교포 1세대의 삶과 크게 다르지 않다. 대부분의 한인들이 그렇듯 드라마의 주인공 김 씨 또한 편의점으로 생계를 유지하며 가족을 부양하는 한 가장이다. 내가 한인 교포의 이야기를 다룬 이 드라마를 관심 있게 봤던 것은 다름 아닌 드라마의 배경이 편의점이기 때문이다. 편의점 마니아인 나는 편의점에 가면 삶의 모든 것들이 압축되어 있다고 생각해 왔는데, 이 드라마를 보니 세대 간의 갈등, 이민자 가정의 웃음과 사랑이 삶의 현장인 편의점에서 울림 있게 전달되고 있었다.

재미있는 것은 현실의 교포들이 대부분 성공을 위해 한국인의 정체성을 밀어내고자 했던 반면, 드라마 속 김 씨는 철저히 한국인으로서의 아이덴티티를 잃지 않으며 오히려 더 당당한 한국인으로 묘사된다는 것이다. 가게에는 태극기가 그려 있고, 한국인의 악센트로 당당하게 영어를 구사하며 딸이 데려온 남자 친구에게는 '한국의 광복절이 언제인지 아는가?'라는 질문을 던진다.

밤낮 없이 서로 다른 필요에 의해 찾아오는 사람들과 마주쳐야 하는 편의점은 우리의 삶을 닮았다. 원하든 원치 않든 목적성이 서로 다른 사람들과 함께 살아가야 하는 것이 우리의 삶이기 때문이다. 하루에도 다양한 인종과 수많은 사람을 대해야 하는 토론토 시내의 한 편의점

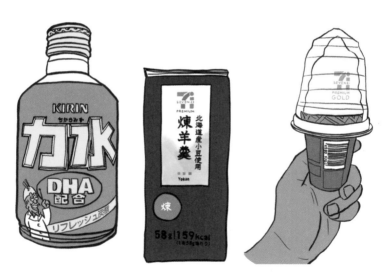

● 오늘은 음료수, 양갱, 그리고 소프트아이스크림을 골랐다.
편의점 안에서 삶은 달콤하다.

에서 생존하기 위해 김 씨가 선택했던 것은 자신의 정체성을 더욱 확고하게 하고 자긍심을 높이는 일이었다. 마찬가지로 편의점과 같은 세상을 살아갈 때 우리에게 필요한 것은 공동체 속에 희석되어 가는 나 자신의 정체성을 찾아가는 여정일 수 있겠다. 오늘도 나는 편의점을 찾는다. 그 속에 삶이 있기 때문이다.

5장

3일차

5-1

공항 2

《구약성경》 잠언서에 이런 말이 나온다 "아이를 훈육하는 데에 주저하지 말라. 매로 때려도 죽지는 않는다." 이런 기독교 정신을 이어받은 민중 교육의 파종자, 페스탈로치는 매를 들지 못하는 교사는 아이들의 영혼을 가꾸는 어버이의 자격을 갖추지 못한 교사라고 했다. 이와 같은 맥락으로 우리나라 전통 교육 기관인 서당은 잘못이 있으면 매로 다스려 깨우치게 한다는 '회초리 훈육'을 통해 학생들에게 교사의 사랑을 실천했다. 따라서 자식이 서당에서 회초리를 맞고 오면 그 아이의 부모는 다음 날 서당에 떡을 보냈다.

한국으로 돌아가는 비행기를 기다리면서 간단히 점심을 먹기로 했다. 오사카 공항에는 간단한 식사를 할 수 있게 도시락과 우동을 팔고 있었다. 이전에 모토히로 카츠유키 감독의 〈우동〉이라는 영화를 보고 일본에 오면 반드시 영혼을 따스하게 해줄 사누키 우동을 먹어야겠다고 생각했는데, 짧은 여행 기간이었던 만큼 기회가 없었다. 손이 아닌 발로 반죽한 면을 뽑아내 숙성시킨 전통 사누키 우동을 맛보고 싶었으나 장소가 장소인 만큼 일회용 용기에 담긴 유부우동으로 만족해야 했다.

커다란 유부를 우걱우걱 씹고 있는데, 앞에 앉아 있던 중국인 부부가 갑자기 허리띠를 꺼내더니 아이를 후려치고 있었다. 아이는 아무리 봐도 4살이나 5살로밖에 보이지 않았다. '왜 떼를 쓰느냐'고 야단치는 모습이었다. 아이의 엄마는 마치 사자를 제압하기 위해 채찍을 휘두르는 사육사처럼 아이의 온몸을 가격하기 시작했다. 아이는 익숙하다는 듯 울지 않고 고개만 숙이고 있다. 완전히 노출된 공공장소에서 당당하게 아이에게 체벌을 가하는 그녀에게서는 마치 독실한 기독교인으로, 페스탈로치의 교육사상을 이어받아 서당식 훈계를 하고 있다는 자부심마저 느껴졌다.

유부우동을 먹으며 허리띠로 맞는 아이를 보고 있자
니 베트남에 억류된 포로를 구출하기 위해 다시 전장으로
뛰어든 그린베레 출신 람보의 심정이 이해되었다. 아이는
마치 인질을 구출하는 과정에서 총에 맞아버린 여성 정보
원이 람보에게 '나를 절대 잊지 말아 주세요'라고 말하듯
애처로운 표정을 짓고 있었기에, 나는 람보처럼 뛰어들어
아이를 구출하고 싶었으나 그저 멀리서 우동 국물을 마시
며 이 모습을 지켜볼 수밖에 없었다.

5-2

마지막 식사

방향을 잡지 못해 길거리에서 갈팡질팡하고, 세 차례에 걸쳐 편의점에 방문하며, 몇 끼의 식사를 하다 보니 일본에서의 여정은 금세 지나갔다. 한국에 도착했다. 우리는 짐을 찾고 식사하러 갔다. 이번 여행을 마무리하기 위한 마지막 식사다. 배는 고프지 않았다. 서로 말하진 않았지만 우리는 알 수 있었다. 지금 이 식사가 여행의 종착점이라는 것을.

스콧 피츠제럴드의 연인으로 알려진 칼럼니스트 쉴라 그레이엄은 "음식은 가장 원시적인 형태의 위안거리다. (Food is the most primitive form of comfort.)"라는 말을 남겼다. 이 말에 고개가 절로 끄덕여지는 것은 힐링을 위해 떠난 여행지에서 한껏 헤매다 돌아오니 결국 위안이 되는 것은 입맛에 꼭 맞는 음식밖에 없었기 때문이다.

한 조사에 의하면 국민소득이 3만 달러에 달하면 여행객들이 우선시하는 관심은 음식이라고 한다. 이전에는 여행의 관심사가 자연경관이나 유적이었다면, 경제 수준이 향상된 이후에는 음식 자체를 경험하기 위해 특정 지역을 방문하게 된다는 것이다. 이것이 실제로 소득 수준의 문제여서인지 나이 듦의 이유에서인지는 알 수 없어도 한 가지 확실한 것은 '음식' 자체가 지역의 문화이자 정체성을 대표하는 존재로 인식된다는 것이다. 그러고 보니 일본에서 먹지 못했던 라멘과 와규가 간절히 생각난다. 어찌 됐건 한국에 왔으니 한국적인 음식을 먹었다. 돼지고기 김치찜이다.

에필로그

이 글은 3박 4일간 장모님과 함께했던 짧은 일본 여행을 그림으로 담아낸 책이다. 그림을 그리고 글을 쓰다 보니 애초 '장모님'이라는 애틋한 책의 주제와 당시 느꼈던 대부분의 감정은 희석되고 '음식'과 '간식'이 맛있었다는 생각만 남게 됐다. "이거 참 난감하군"하면서도 계속 음식을, 그리고 음식에 대한 글을 쓰다 보니 어느 순간 맛집 탐방 책이 되어 버렸다. (심지어 책을 쓰면서 군침이 돌아 일식당에 몇 번인가 찾아가서 밥을 먹었다.) 그래서 에필로그를 통해서라도 다시 방향을 바로잡고자 한다. 음, 독자들에게는 죄송스럽지만 억지로 무슨 의미 있는 추억거리를 생각하려니 당최 나오는 것이 없다. 실제로 대단한 구경거리가 있었던 것도 아니고, 음식을 먹고 길거리의 사람들만 실컷 보고 왔으니 말이다.

여행이라는 것이 다 그렇다. 힐링을 목표로 출발했던 여행이었기에 고급 료칸에 머물며 늘어지게 낮잠을 자거나 눈으로 덮여있는 환상적인 경치의 온천욕을 즐기며, 일본원숭이들이나 구경하고 왔으면 좋았으련만 우리는 대부분의 시간을 길거리에서 헤매는 데 허비했고, 시간에 쫓겨 허둥지둥하며 대도시의 자동차와 사람들만 실컷 보고 왔다. 하지만 조금만 달리 생각해 보면 여행이라는 판타지는 결국 또 다른 현실로 들여다보는 마법의 거울과 같다. 여행지는 누군가의 일상의 터전이요, 삶을 살아내야 하는 생존의 장소이자, 현실을 마주 봐야 하는 생활 현장이다. 삶을 잠시 회피하려 여행지를 찾았지만, 치열하게 살아가는 여행지의 사람들을 통해 고단했던 우리의 삶을 다시 반추하게 되는 것이다.

여행을 마무리하고 집에 돌아와서 장모님께 이번 여행이 어떠셨는지 물어봤다. "음, 좋았지. 기분 전환도 되고, 금각사가 제일 좋았어." 장모님께서는 이 짧은 답변만

하시고 말씀을 아끼셨다. 평범하게 계속되는 일상에 일각의 '다름'이 눈앞에 펼쳐지는 순간 느끼는 새로운 감정 자체가 소중하다는 메시지일 것이다. (아니면 너무 힘들었으니 다음부터는 단체 관광 여행만 하겠다는 메시지일 수도 있겠다.) 또다시 이런 여행의 기회가 있을지 모르겠다. 단지, 사위와 함께 오사카 거리를 헤매며 숙소로 돌아가는 택시를 잡기 위해 아등바등하던 순간이 좋은 추억거리가 되어 힘드실 때마다 작은 위안거리와 한 조각의 미소로 남기를 희망할 뿐이다.